Strada Zambila

Fanny Chartres

Strada Zambila

Neuf
l'école des loisirs
11, rue de Sèvres, Paris 6e

Les mots suivis d'un astérisque
sont expliqués en fin d'ouvrage

Loi n° 49.956 du 16 juillet 1949 sur les publications
destinées à la jeunesse : janvier 2017
Dépôt légal : janvier 2017
Imprimé en France par CPI Firmin Didot
à Mesnil-sur-l'Estrée (138952)

ISBN 978-2-211-23117-6

Pour Marie, ma sœur, mon éternelle lueur

1
Bucarest, au petit matin

6 heures. La sonnerie du réveil me surprend dans mon lit alors que je rêve éveillée. Comme souvent, je ne dors pas. Je tends le bras, cherche le petit appareil gris, touche quelque chose. Quelque chose de chaud, doux et velu. Ce n'est pas le réveil. Sans doute l'un des huit chats que compte la maison. Je tâtonne encore, j'effleure des livres, des branches de lunettes, un objet petit et carré. C'est lui !

Clic.

La sonnerie se tait. Silence. J'attends quelques secondes, encore plongée dans mon rêve.

Avant que le réveil ne se mette à parler, j'étais ailleurs, à des milliers de kilomètres de Bucarest, en France, avec mes parents, longeant les rues de Paris pour me rendre au collège. Au portail de l'école, je saluais rapidement mon père et ma mère, puis j'allais retrouver ma bande d'amis. J'étais habillée avec…

– Ilincaaaaaaaaaaaaaaaaa !

Le timbre du réveil est systématiquement suivi par la voix de ma sœur. L'appel du jour levant la met en joie. S'il sonnait à 3 heures du matin, elle serait tout aussi heureuse. Zoe est comme ça : en joie perpétuelle. Elle voit dans chaque matin une promesse de bonheur ; dans chaque crépuscule, un rêve nouveau à découvrir ; dans chaque attente, une surprise en perspective. Mais j'avoue que parfois son enthousiasme sans faille me fatigue profondément.

Le mardi, nous nous levons plus tôt pour aller à la Cambridge School. Une chose qui ne me réjouit pas vraiment, contrairement à Zoe, impatiente de démarrer la journée, impatiente d'apprendre, impatiente de… vivre.

– Ily, Ily, lève-toi ! T'as bien dormi ? J'ai dormi les poings tellement fermés que je ne me souviens même pas de ce que j'ai rêvé ! Quels cours tu as aujourd'hui ? Moi, j'ai deux heures d'histoire. J'ai pas envie, mais après j'ai maths, donc ça va. Les maths, j'adore. Enfin, c'est surtout Popescou, notre prof, que j'adore. Tu le verrais ! Pour expliquer les leçons, il grimpe sur les tables. C'est trop marrant ! Ce midi, tu m'attends quand tu termines, hein ? Pas comme hier où tu m'as laissée en plan. C'était pas vraiment sympa… Je t'ai raconté aussi ce qui était arrivé à Ana quand elle est allée aux…

Zoe est ainsi, toujours un peu « trop ». Et elle est capable de garder longtemps ce rythme multiverbal. Elle a des ressources. Un jour où je m'ennuyais, j'ai fait une expérience : je l'ai laissée parler autant qu'elle voulait et je l'ai chronométrée : trois heures trente ! Je pense qu'elle est prête pour rejoindre le *Livre Guinness des records.*

Puis Zoe me décrit en long et en large ce qui est arrivé à Ana aux toilettes (la souris dans les

W-C, sa panique et son départ précipité avec sa culotte sur les chevilles), ce qu'elle a mangé hier après-midi sur le chemin du retour (un bretzel au fromage), la forme de son bretzel (celle d'un canard à deux becs), les gens qu'elle a rencontrés dans le tramway (Tudor et sa mère, deux chiens, l'un aussi petit que l'autre était gros – « Tu sais, un peu comme Scrat et Manny dans *L'Âge de glace* » –, la dame aux cheveux violets du kiosque alimentaire), puis dans l'ascenseur (la voisine bizarre du deuxième). Dans la cuisine, je mets le lait à chauffer sur la gazinière avant de retourner dans le salon pour redonner au canapé sa forme initiale. Zoe et moi dormons là depuis le départ de nos parents et l'installation de Bunica* et Bunicu*, chez nous, au 2, rue Zambila*.

Trois mois sur le calendrier. Une année dans ma tête.

Comme nos grands-parents ont pris notre chambre, nous passons nos nuits sur le canapé, là où nos parents dormaient avant.

* Les mots suivis d'un astérisque sont repris dans le lexique en fin d'ouvrage.

C'est moins confortable, mais c'est comme si on dormait un peu avec eux. Le vieux canapé en velours vert est encore chargé de l'odeur de papa et maman. Le matin, lorsque j'enlève les draps et les couvertures pour lui redonner sa forme, je fais bien attention à ne pas trop secouer ses coussins pour que leur parfum ne s'évapore pas.

Dans la salle de bains, Zoe continue de bavarder avec son gant et sa brosse à dents. Un miaulement dans la cuisine attire mon attention. C'est Marseille qui me rappelle que son ventre et celui de ses sept compagnons sont cruellement vides. Je remplis de croquettes les huit écuelles posées de chaque côté de la gazinière. Nos grands-parents ont accepté de venir s'occuper de nous sous une condition : que leurs chats les accompagnent. Et comme Zoe et moi, nous ne voulions pas partir à Sibiel, le village de Bunicu et Bunica, il a aussi fallu accueillir les huit boules de poils : Paris, Marseille, Toulouse, Nice, Dijon, Avignon, Quimper et Lorient. Francophone jusqu'au bout des ongles, Bunica a baptisé tous ses chats par des noms de villes françaises. Elle aurait souhaité faire la même chose avec ses enfants, mais Bunicu s'y est opposé. Maman a été appelée « Daciana », en l'honneur de la marque d'automobiles roumaines (les fameuses Dacia tellement robustes qu'il faut sortir de la voiture pour refermer leurs portières). Chauffeur de taxi et amoureux invétéré du premier modèle roumain, la Dacia 1100, Bunicu a eu le dernier mot.

– Tu sais ce qui a deux jambes et qui ne peut pas marcher ?

Zoe est de retour. Quand elle a fini de me faire le récit détaillé de ses journées ou de ses derniers rêves, elle passe aux devinettes. Elle tient ça de notre grand-père.

– Allez, Ily, creuse-toi un peu la cervelle !

– Chut, Zoe, tu vas réveiller les grands-parents !

Façon de parler, puisque Bunicu dort d'un sommeil de plomb et que Bunica est sourde. Réellement. Elle est atteinte de la même maladie que Beethoven, la presbyacousie. Elle est presbyte des oreilles.

– Allez, allez, cherche ! reprend Zoe, un ton plus bas, un sourire malicieux au coin des lèvres.

– Mais je sais pas, moi. Tu m'embêtes à la fin.

– Un… pan… ta… loooooon ! claironne ma petite sœur, une tartine dans la main et une moustache de Nutella sous son nez retroussé.

Le bouillonnement permanent de Zoe me fatigue, mais, comme dit Bunicu, il vaut mieux avoir une sœur à la joie perpétuelle qu'une frangine muette et paraplégique. Bunicu a toujours le mot juste.

Et puis, sans le visage lumineux de Zoe, mes matins n'auraient pas les mêmes couleurs.

Lisant sans doute dans mes pensées, ma sœur se jette brusquement sur moi.

– Ily, tu sais, je voulais te dire… Je t'aime vraiment trop, trop, trop fort, me chuchote-t-elle à l'oreille en me serrant de toutes ses forces.

– Moi aussi, ma Zoe, moi aussi, dis-je, le nez plongé dans ses cheveux sentant la fleur d'oranger.

Je laisse mon chocolat refroidir et les premières heures de ma journée s'imprégner d'un parfum lumineux.

2
Les reflets de nos souvenirs

Après nos deux heures d'anglais, nous filons à l'école, la « şcoala Ion Heliade-Rădulescu », du nom du poète roumain dont les vers *Voix-oreille, voix de paix/Où toute douleur se fait secret*[1] sont affichés à l'entrée du bâtiment.

Je lâche la main de Zoe et pars rejoindre mes copines. Je suis en sixième. Zoe est en CE1.

Notre école occupe les murs d'un ancien monastère. De forme rectangulaire, elle offre une cour intérieure entourée de multiples galeries et de deux gros chênes qui viennent agrémenter nos parties de cache-cache. Les arches

1. Extraits du poème « Une voix » de Ion Heliade-Rădulescu (1802-1872).

qui séparent l'école primaire du collège sont, quant à elles, ornées de magnifiques fleurs en céramique colorée. J'aime notre école pour sa beauté, mais surtout pour tous les souvenirs que contiennent ces pierres et ces arbres centenaires. Un jour, alors que je m'ennuyais en cours de maths, j'ai cru apercevoir par la fenêtre de ma classe une nonne traversant la cour dans sa soutane noire…

C'est aussi pour que nous n'ayons pas à changer d'établissement que papa et maman ont tenu à nous faire rester à Bucarest. Pour que nous gardions nos habitudes, nos repères, notre maison, notre école, nos amis… Mais, en échange, nous les avons perdus. Et avec eux, c'est un peu ma vie d'avant que j'ai l'impression d'avoir perdue, une vie que j'aimais bien.

À l'école, je suis avec tout le monde et avec personne à la fois. À force de voir s'en aller les gens auxquels on est attachés, on finit par ne plus s'attacher à quiconque. Je suis là sans être là. Rêveuse, disent mes professeurs. Prétentieuse, disent certains de mes camarades. Beaucoup de mes amis ont quitté l'école en pleine année scolaire. Ils vivent désormais à la campagne, où ils sont élevés par leurs grands-parents, depuis le départ de leurs parents pour l'étranger. Contrairement à nous, ils ont été obligés de laisser leur maison pour partir dans de minuscules villages de campagne, souvent à plusieurs centaines de kilomètres d'ici. Dans les familles de « cueilleurs de fraises », Zoe et moi faisons donc figures d'exception. Je reconnais que je préfère être restée à Bucarest. Je me sens bien ici. C'est la ville où je suis née, où j'ai grandi. La pensée de pouvoir encore trouver un souvenir de famille dans tel parc, dans telle rue, dans tel magasin, ou dans tout autre recoin de la ville me réconforte. Depuis le départ des parents, je passe beaucoup de temps dehors. Armée de mon appareil photo, je pars à la recherche des vestiges de notre vie de famille. Je photographie le rebord de la fenêtre sur lequel nous nous étions assises, maman et moi, en attendant que la Caisse nationale d'assurance santé ouvre ses portes. Je photographie les rayons du supermarché Mega Image où papa et moi allions chaque dimanche matin. Je photographie les allées colorées et parfumées du parc Ioanid que tous les pieds réunis de ma petite famille foulaient les dimanches et les vacances scolaires. Je photographie la table du McDonald's de la place Romana, celle près de la fenêtre qui donne sur les arcades, là où nous nous installions quand les parents voulaient nous faire plaisir ou lorsque nous avions quelque chose à fêter (de la première dent de lait de Zoe au permis de conduire de maman). De retour à la maison, je fais défiler mes photos sur l'ordinateur de papa et maman, à la recherche d'une trace, d'une miette, d'une feuille ou d'un caillou que mes parents auraient pu frôler.

– Ilinca ? Ilinca ? T'es avec nous ?

Le parc Ioanid et mes souvenirs font brusquement place au visage de ma prof de roumain, Mme Pompiliu, laquelle semble me demander quelque chose. Mais de quoi parle-t-elle ? Je ne sais même pas ce que nous sommes en train d'étudier. Je baisse la tête pour trouver dans mon manuel une phrase qui pourrait laisser croire que j'écoutais le cours. Florin, mon voisin, me donne un léger coup de coude en marmonnant des mots que je ne comprends pas.

– Pardon… Heu… Est-ce que vous pouvez répéter la question, madame Pompiliu ?

Rires, mouvements de chaises et murmures dans la classe. Je sens vingt-huit paires d'yeux braqués sur moi, sans compter celle de Mme Pompiliu qui ne me lâche pas. Je pique un fard.

– Ilinca, ma question était : où es-tu ? Ici, en classe, avec nous ou bien ailleurs ? En France peut-être ?

Elle ne peut pas tomber plus mal. De rouge je passe à la couleur blanc-murs-d'hôpital. Mes yeux se brouillent, et je ne parviens pas à retenir les larmes qui couvrent déjà mon manuel de roumain, comme les flots de la rivière Geru sur la ville de Galați, lors des inondations de 2013.

Les rires et les murmures s'arrêtent brusquement. Mme Pompiliu me regarde d'un air perplexe, ne comprenant visiblement pas pourquoi sa remarque m'a mise dans un tel état. Elle n'a pourtant pas été si dure que ça ! Elle est capable de bien pire. Elle a cité la France comme elle aurait dit le Japon ou la planète Pluton.

Mais je ne parviens pas à me ressaisir. C'est comme si la phrase de mon professeur avait ouvert les vannes et que je ne savais pas comment les refermer. Mme Pompiliu est embarrassée, elle cherche ses mots et regarde la porte, imaginant probablement qu'un inspecteur académique l'attend déjà dans le couloir avec une lettre l'avisant de sa fin de carrière.

La sonnerie annonçant l'intercours retentit. Sans tarder, les élèves se lèvent bruyamment et quittent la salle de classe. Très vite, je me retrouve toute seule. Toute seule avec Mme Pompiliu qui s'approche de moi d'un air perplexe, craignant sans doute que je ne redouble de larmes à son approche.

– Ilinca, je suis désolée, je ne voulais pas te blesser. Tu… tu vas bien ?

Ces trois petits mots anodins : « Tu vas

bien ? », ce ton attentionné, ce regard soucieux, maternel me font doucement relever la tête. En me répétant lentement cette question, je me rends compte que je ne l'avais plus entendue depuis trois mois et qu'en fait je ne vais pas très bien.

3
Ici ou là

Comme cela m'a fait du bien ! On dirait que je me suis libérée de l'énorme sac que je porte sur le dos depuis trois mois et qui grossit chaque jour un peu plus. Au fond, c'est un peu ce que Bunicu conseille à Bunica après chaque épisode d'*Amour et honneur* sur ProTV : « Pleure un bon coup, ça ira mieux après ! » Il voit bien qu'elle est toute tourneboulée par les embûches que rencontrent Coco et Serghei, même s'ils s'aiment d'un amour pur « comme on n'en voit plus dans nos contrées ! ».

Zoe me regarde d'un drôle d'air. Elle a remarqué que je n'étais pas comme d'habitude.

Je crois que je lui ai souri quand elle m'a rejointe à la station de tram et j'ai même rigolé à sa devinette de fin d'après-midi : qu'est-ce que du ciment dans un bocal ? De la confiture de mur !

En pleurant, j'ai sans doute débloqué la manivelle de mes zygomatiques.

Bien sûr, je suis loin d'avoir atteint son niveau. Ce soir, elle est encore très en verve et impatiente de me raconter les événements trépidants de sa journée.

– Ily, j'ai réfléchi et je sais ce que je ferai plus tard : vétérinaire à domicile.

– Mais je croyais que tu voulais être chauffeuse de bus ?

– Non, ça, c'est fini. J'ai eu la révélation cet après-midi en histoire. On a parlé de la Seconde Guerre mondiale.

– Je ne vois pas le rapport entre la Seconde Guerre mondiale et vétérinaire à domicile !

– Bah, t'as jamais entendu parler de Nelson Churchill ? me demande-t-elle d'un air scandalisé.

– Winston Churchill, tu veux dire ?

– Mais non, pas Winston, Nelson ! rugit Zoe.

– Nelson Churchill ?

– Oui, Nelson, le chat de Winston. Un chat de gouttière tout noir qu'il avait adopté et qui a vécu très longtemps. Ils étaient super proches tous les deux, mais Winston était toujours occupé à cause de son travail. Moi, je voudrais être vétérinaire à domicile pour des gens comme ça, qui ont beaucoup de choses à faire et qui n'ont pas le temps d'emmener leurs animaux chez le docteur. Vous ne pouvez pas porter votre animal chez le médecin ? Ne bougez pas, Zoe arrive directement chez vous ! Même que Winston avait aussi des canaris, t'imagines à quel point je lui aurais été utile ? La voisine aussi, elle a un chat et des canaris, et elle aussi, elle est présidente. Alors tu vois, je ne manquerai pas de travail…

À la différence de Churchill, Mme Ionescou, notre voisine, est la présidente de notre immeuble et elle ne sort quasiment jamais de chez elle… Mais Zoe a une réelle capacité à enjoliver les situations les plus ordinaires.

– Et sinon, qu'as-tu retenu d'autre de la Seconde Guerre mondiale ?

– Theodore Roosevelt, un président américain très connu, avait une multitude d'animaux de compagnie. Plein de chiens et de chats, mais aussi un cochon, un blaireau, un perroquet, des poules, des cochons d'Inde…

À la maison, nous retrouvons Bunica dans la cuisine, en train de tricoter, encadrée de Dijon et de Quimper (un sur chaque pied). Zoe s'empresse de lui raconter sa journée. J'en profite pour filer dans le salon et allumer l'ordinateur afin de voir si papa et maman nous ont écrit. Cet ordinateur est le seul lien qui rassemble notre famille. Depuis trois mois, c'est par mail ou par Skype que nous partageons les moments importants de la vie : la rentrée des classes, la préparation de notre soirée Halloween (nettement moins réussie que celle de l'année dernière, sans les conseils vestimentaires de maman), le premier cours de piscine de Zoe (mais surtout l'achat de son méga-super maillot de bain rose et mauve), mon dix sur dix en expression écrite (« Racontez votre dernier rêve »). Je pose aussi beaucoup de questions aux parents, mais je n'obtiens guère de réponses, en tout cas pas celles que je voudrais recevoir. Noël approche, et j'attends dans chaque nouveau message l'annonce de leur retour.

Je découvre un mail de papa qui nous a écrit ce matin avant ses consultations. Il travaille comme médecin remplaçant à Yvetot, une petite ville de Normandie. Pendant ce temps, maman fait des ménages et s'occupe de deux personnes âgées. Ils sont logés par la ville et peuvent ainsi faire vivre à distance leur famille restée en Roumanie, c'est-à-dire nous. Le salaire de papa en tant qu'interne à l'hôpital Elias de Bucarest n'était plus suffisant. « Bordel, dix ans d'études pour un salaire de quatre cents euros par mois, c'est pas possible ! » répétait-il sans arrêt, quand arrivaient les factures dont les montants, eux, ne faisaient qu'augmenter. Et ce n'est pas non plus avec le salaire de professeur de maman au lycée Nicolae Iorga qu'ils pouvaient joindre les deux bouts. Ils avaient donc dû choisir : soit ils restaient à Bucarest et continuaient à ne pas pouvoir donner à leurs deux filles la vie et l'éducation qu'ils s'étaient juré de leur offrir, ni aider leurs parents dont la retraite de cent euros était insuffisante ; soit ils partaient à l'étranger.

Ils avaient choisi l'étranger… mais l'étranger « momentané », comme disait maman pour me rassurer. Et l'étranger de « renom », ajoutait papa qui rappelait qu'ils n'étaient pas partis ramasser de vulgaires fraises comme la plupart des immigrés roumains.

Cela me faisait une belle jambe. Ramasser des fraises en Espagne ou soigner des malades en France, c'était du pareil au même : partis, ils l'étaient. Absents, ils le restaient.

Dans son mail, papa nous écrit qu'ils ont une surprise et qu'ils souhaitent nous l'annoncer ce soir sur Skype.

Ce soir ?

Dans deux heures… Je regarde fixement les aiguilles de la pendule du salon, espérant ainsi qu'elles tourneront plus vite.

J'entends déjà celles de mon cœur battre à toute allure.

4
Pages de vie

J'avais oublié l'heure de décalage entre la France et la Roumanie. C'est ainsi que les deux heures se transforment en trois, même quatre, tant je trouve le temps long.

Pour patienter, je laisse Bunica m'apprendre le point mousse pendant que Zoe essaie de mémoriser sa leçon sur la Seconde Guerre mondiale.

– Les dates, les événements, n'oublie pas, Zoe… Le professeur n'en aura rien à faire du nom des chiens, des chats, de la brebis ou du singe de Roosevelt, Staline, de Gaulle ou je ne sais qui encore, ne puis-je m'empêcher de lui rappeler, alors que mon cœur se transforme en avion à réaction.

Bunicu fait son apparition en début de soirée, les clefs de sa Logan jaune à la main. Bien qu'ayant atteint l'âge de la retraite, il continue à être chauffeur de taxi à Bucarest. Une autre manière de compléter les revenus de notre famille. Chez nous, c'est un peu comme ça, niveau budget : une sorte de grosse tirelire dans laquelle chacun met ce qu'il peut, quand il peut… Mais Bunicu est plutôt content, car il adore promener ses passagers à travers la capitale. « À chaque nouveau client, je découvre une nouvelle page du roman de cette ville », aime-t-il répéter quand Bunica lui reproche du regard de rentrer si tard. Et je crois que je comprends ce qu'il veut dire. Bunicu conduit comme il lirait un livre : un quartier-un chapitre ; un passager-un personnage ; une course-une intrigue ; des allers et retours entre le passé et le présent de Bucarest.

Parfois Bunicu me laisse l'accompagner. Je m'installe à la place du passager et j'écoute les histoires de ses clients. Les heures de sortie des bureaux sont mes préférées, car la circulation m'offre une heure entière de récits avec des personnages très variés (surtout qu'en Roumanie voyager en taxi ne coûte pas cher) : du secrétaire d'État pressé au professeur de collège stressé, de l'étudiant fauché à l'expatrié radin, de l'entrepreneur connecté au lecteur déconnecté… et, avec eux, des récits-confessions drôles ou tristes, incroyables ou cocasses.

– Bunicu, pourquoi les gens, ils se plaignent tout le temps dans ton taxi ? je demande à mon grand-père au retour d'une de ces courses à récit.

– Sans doute parce que c'est le seul endroit où ils peuvent le faire et où ils sont écoutés. Quelques minutes, une heure parfois où ils peuvent se poser et parler.

– Comme chez le psychologue ?

– Oui, mais le prix de la consultation est moins cher chez moi, répond Bunicu en me faisant un clin d'œil.

– Comme à l'église, alors ?

– Oui, mais le confort en plus, dit mon grand-père en clignant de l'autre œil.

Alors que Bunicu est en train de se déchausser pour essayer les chaussettes chaudes et rugueuses que vient de lui tricoter grand-mère, je retourne au salon afin de me connecter à Skype sur l'ordinateur. Je clique sur ce grand « S » bleu auquel notre famille est reliée depuis trois mois, tandis que Zoe s'installe à côté de moi. À la perspective de « cette réunion de famille », ma sœur s'est habillée avec la robe en dentelle rose et blanche confectionnée par Bunica pour la fête de fin d'année de son CP. Elle voulait aussi mettre la couronne[2] de fleurs reçue avec son diplôme, mais Bunicu l'en a dissuadée.

– Bonjour, les filles, lance joyeusement papa, un grand sourire aux lèvres.

– Bonjour, mes trésors, poursuit maman. Avant même que nous puissions répondre, notre mère débute l'interrogatoire-diagnostic.

2. Dans les écoles de Roumanie, lors de la fête de fin d'année, les élèves reçoivent une couronne de fleurs symbolisant leur réussite et leur passage dans la classe supérieure.

– Est-ce que vous mangez bien ? Qu'avez-vous fait à l'école aujourd'hui ? Vos devoirs sont-ils terminés ? Est-ce que vous avez sorti vos vêtements d'hiver et vos doudounes du placard de l'entrée ? Ils annoncent bientôt les premières neiges, vous n'avez pas perdu vos gants au moins ?

– Ça va, maman, tout va bien. Et vous, com…

Zoe ne me laisse pas le temps de terminer ma phrase et se lance dans le récit de sa découverte du jour, cette révélation qu'elle a eue quant à son avenir professionnel. Un quart d'heure plus tard, je profite d'un bref problème de connexion pour prendre la parole.

– Papa, de quelle surprise parlais-tu dans ton message ?

Mon père tourne la tête vers maman, en souriant. Un sourire un peu timide, un peu gêné… un peu craintif aussi. Je vois mon visage dans la vignette carrée en bas à droite de l'écran. Mes yeux brillants. J'ai l'impression d'y percevoir les battements de mon cœur.

– Ah oui ! Eh bien, hier, nous avons reçu une bonne nouvelle…

Cette phrase déclenche en moi une avalanche d'images merveilleuses.

Je me vois attendre mes parents à la station de car, ma main tenant celle de Zoe. Puis j'apercevrai l'autocar et, à l'une de ses fenêtres, troisième rangée, côté conducteur, maman et papa qui…

– Le cabinet médical a décidé de renouveler mon contrat pour trois mois.

– Hopa* ! lâche ma sœur, qui tout comme moi ne s'attendait pas à cette nouvelle.

– Les collègues de votre père comptent sur sa présence en cette période de l'année qui s'annonce chargée. Les fêtes et la…

– Mais alors, vous ne serez pas avec nous pour Noël ?

Je ne parviens pas à retenir les mots et les larmes qui se battent déjà dans ma gorge.

– Non, mais nous viendrons en janvier quand je pourrai poser quelques jours. Et ce sera le premier Noël où nous serons en mesure de vous offrir ce que vous souhaitez. Depuis le temps que…

CLAC !

Ç'a été plus fort que moi. J'ai brusquement rabattu l'ordinateur portable, fermant ainsi le clapet à mon père.

Je viens de découvrir un atout supplémentaire aux nouvelles technologies. D'un simple mouvement de doigts, je peux faire taire mes propres parents. « Les hommes sont faits pour voir, écouter et ressentir », avais-je pu lire sur une affiche vantant les mérites de Skype. *Pour un temps limité*, aimerais-je ajouter.

Notre réunion de famille aura duré vingt et une minutes. Dont dix-huit occupées par les histoires de Zoe qui me regarde à présent sans rien comprendre, me faisant aussitôt regretter mon geste. La peine que j'ai dû faire à mes parents, le mauvais exemple que je donne à ma petite sœur, ma colère que je n'ai pas su contrôler. Je quitte précipitamment le salon et écrase la queue de Toulouse par la même occasion. Alerté par les miaulements de douleur, Bunicu surgit dans l'entrée, visiblement paniqué. Je m'immobilise, cherchant désespérément un refuge, un endroit où m'isoler.

Mon grand-père me demande ce qui se passe tandis que Toulouse ne cesse de se frotter à ses jambes, tout en me lançant des regards furibonds. Lui aussi, je le déçois.

– Non… rien, il ne se passe rien. La connexion a lâché, ça m'a énervée. Pardon, répond l'Ilinca sage et polie, l'Ilinca qui sourit et ne dit jamais rien, même quand elle se fait mal.

– Ah, j'ai eu peur ! Je me suis demandé ce qui se passait. Et comment vont vos parents ?

– Ils vont bien. Papa nous a annoncé que son contrat au cabinet était prolongé, et ensuite, ça a coupé.

Quelques secondes passent. Mon grand-père me regarde fixement, attendant sans doute que je dise quelque chose, comme ses clients qui se confient au détour d'une rue ou d'un boulevard. Mais je reste muette.

– Ce n'est pas grave, vous les rappellerez demain soir. Appelle ta sœur, on va passer à table.

Encore toute tremblante de colère et de tristesse, je tourne les talons et pars chercher Zoe, toujours assise devant l'ordinateur silencieux.

5
Des fraises nous irons cueillir

– Aujourd'hui, c'est vendredi, je vous emmène à l'école ! C'est le dernier jour de la semaine. Plus vite vous arriverez, plus vite vous rentrerez ! nous annonce Bunicu au petit déjeuner.

Papa et maman aussi sont arrivés très vite en France et ils ne sont toujours pas rentrés…

Entre deux gorgées de chocolat chaud, Zoe émet trois petits gloussements de joie. Bunica nous prépare deux grandes tartines généreusement couvertes de confiture de prunes. Elle nous les tend sans prononcer le moindre mot. Bien qu'elle ne soit pas muette, Bunica parle assez peu, incapable de contrôler sa voix qui passe du très grave au très aigu. Elle lit sur nos lèvres et s'exprime avec les yeux.

Parfois je l'envie.

Je voudrais pouvoir me faire comprendre d'un simple regard et ne pas devoir écouter les mots qui font mal.

Je crois que ma grand-mère « entend » ce que je ressens. Elle a pris l'habitude de me laisser des petits mots dans des endroits que je suis la seule à connaître. Hier soir, j'ai trouvé glissé dans la couverture de notre canapé-lit : « Ton cœur est un accordéon, il faut respirer pour que la musique s'en échappe. »

– Super ! J'ai le temps de mettre les infos ! s'exclame joyeusement Zoe.

Armée de son bol et de sa tartine, ma sœur, ayant compris qu'elle bénéficiait d'un bon quart d'heure avant de prendre le chemin de l'école, va au salon regarder la télé. Contrairement aux autres enfants de son âge, Zoe ne met pas les chaînes Minimax ou Disney Channel. Non, Zoe se branche sur Digi 24*, elle coupe le son et lit à voix haute les nouvelles qui défilent dans le bandeau au bas de l'écran. Elle ne comprend pas la moitié de ce qu'elle lit, mais fait très bien la présentatrice du JT. Elle assouvit ainsi sa grande passion pour la parlote et nous donne quelques minutes de répit, à Bunicu et à moi.

– Ta maman m'a écrit. Elle dit qu'elle t'a envoyé un mail mercredi, mais que tu ne lui as pas répondu…

Je lève la tête de mon bol fumant et soutiens le regard de Bunicu, qui attend visiblement une réponse de ma part. Depuis notre échange sur Skype, je n'ai pas ouvert une seule fois mes mails. Je suis sûre que papa et maman m'ont écrit, mais je n'ai pas encore eu le courage de reprendre le fil de « nos conversations comme si de rien n'était ». Parler de la pluie et du beau temps ne me tente vraiment pas. Je me sens comme un vase de colère et de culpabilité dont je n'arrive plus du tout à contrôler les débordements.

– Non, je n'ai pas eu le temps. On a beaucoup de devoirs en ce moment, et Zoe est souvent en train de jouer à Minecraft.

Bunica me regarde d'un air interloqué. Ses sourcils froncés et sa bouche pincée me font comprendre qu'elle veut savoir ce qu'est Minecraft. J'en profite pour faire dévier la discussion et éviter de parler du sujet qui me fâche.

– Minecraft est un jeu d'aventure consistant à poser des blocs. C'est pas violent, ne t'inquiète pas. C'est juste débile.

Bunicu me fait de gros yeux, et je replonge la tête dans mon bol. Soulagée que sa petite-fille ne joue pas à un jeu de combats ou de guerre, Bunica se lève pour aller chercher son tricot. Ce sera bientôt mon tour de recevoir une autre paire de chaussettes en laine. Ce qui augure de nouvelles heures d'intenses démangeaisons.

Dans la voiture de Bunicu, Zoe se propose de nous réciter en avant-première la poésie qu'elle a écrite pour son cours de roumain.

– Vas-y, ma Zoe, nous t'écoutons ! Le Roumain est né poète, c'est bien connu ! s'exclame mon grand-père, impatient de découvrir les vers composés par sa petite-fille.

Copiant la posture de l'une des présentatrices du JT de Digi 24, Zoe se met à déclamer sa prose poétique.

Des fraises nous irons cueillir
Dans les bois nous irons courir.

À la maison nous rentrerons l'air joyeux
Avec nos paniers chargés des jolis fruits juteux.

Grâce à nous, maman fera une tarte aux fraises
Tandis que Papa passera ses charentaises.

Avez-vous tous compris
Ce que veut dire ma poésie ?

La vie, c'est comme une fraise
Ne la laissons pas filer à l'anglaise !

– Allez, dites-moi ce que vous en pensez ! J'avoue que les rimes m'ont un peu compliqué la vie… Mais j'allais oublier de vous donner la consigne ! On devait écrire une poésie en cinq strophes sur un fruit. Alors, comme l'autre jour Tudor m'a appelée la fille des cueilleurs de fraises, j'ai eu l'idée de composer une poésie sur des fraises. Elle est pas géniale, votre Zoe ?

Alors que le feu est passé au vert depuis plusieurs secondes, notre grand-père se fait klaxonner par le 4 × 4 derrière nous. Je ne suis visiblement pas la seule à être perturbée par cette comptine parlant de fraises.

Bunicu redémarre en laissant échapper un juron aussi champêtre que la poésie de ma sœur, laquelle attend fébrilement nos remarques.

– Zoe, es-tu bien sûre de vouloir réciter cette poésie ? Tu ne penses pas que la fraise est un fruit un peu trop banal ? Il y en a tellement d'autres dont on ne parle pas. Tiens, le coing, par exemple ! C'est un beau fruit, le coing, non ? Et il y a plein de rimes possibles avec le coing. Coin-coin, poing, groin, joint, loin… Heu non, pas loin…

– Bah non, la fraise, c'est mieux. C'est mon fruit préféré. Et une fraise, c'est mignon, tandis qu'un coing, c'est gros et laid.

Pour une fois, Bunicu semble à court de mots. Il se gare devant l'école. Zoe et moi sortons du taxi alors que la sonnerie annonce déjà le début des cours.

– À ce soir, Buni ! Tu n'oublieras pas de penser à ma fraise, hein ? lance ma sœur.

L'appellation « fille de cueilleurs de fraises » ne me gêne pas tant qu'elle ne concerne que moi. Mais savoir que Zoe fait l'objet des mêmes moqueries me peine et attise ma colère qui couve à petit feu depuis plusieurs semaines.

Contrairement à ma petite sœur, je sais depuis longtemps que les Roumains partis à l'étranger sont désignés ainsi. Qu'ils ramassent des tomates en France, soignent des malades en Allemagne ou s'occupent de personnes âgées en Italie, ils sont tous des cueilleurs de fraises. Et nous, les enfants restés dans le pays où ils ne peuvent plus rien cueillir, nous sommes des petits de cueilleurs de fraises. Même si moi, depuis trois mois, je ne peux plus avaler la moindre fraise.

6
D'accord en accord

Comme chaque jour depuis la rentrée, je m'assieds à côté de Florin. Nous avons très vite compris que nous partagions un même principe vital, que mon grand-père résumerait de la manière suivante: « Aime ton voisin, mais ne supprime pas la clôture. »

Aujourd'hui, Mme Pompiliu nous annonce un grand événement. Notre classe a été choisie pour participer au concours national de création Mihai Eminescu. L'objectif principal de ce projet est de stimuler notre « potentiel créatif et compétitif », à l'image de Mihai Eminescu, notre illustre poète national, dont le nom figure à l'entrée de très nombreuses écoles, ce qui montre bien à quel point il avait du potentiel.

Mme Pompiliu poursuit en nous précisant les détails et les consignes de ce concours. Fin janvier, un jury composé d'enseignants et du directeur de l'école sélectionnera l'œuvre qui pourra concourir à l'échelle nationale. Il nous est demandé de nous mettre par deux et de choisir un domaine de création : poésie, prose, dramaturgie, photographie ou arts plastiques. Mme Pompiliu ajoute enfin que nous pouvons également combiner plusieurs domaines.

– On fait le projet ensemble ? chuchote Florin à mon oreille tandis que les groupes se forment déjà dans le bruit et l'excitation.

– D'accord.

Voilà, ça, c'est fait.

– On pourrait faire un truc autour de la photo ? continue Florin.

– D'accord.

J'aime les choses directes, rapides et concrètes. Florin aussi, semble-t-il.

À la fin du cours, nous avons une longueur

d'avance sur les autres : notre groupe est constitué et notre domaine choisi. Reste maintenant à s'occuper du reste. C'est-à-dire… de tout.

Dans le couloir, je demande à Florin le modèle de son appareil photo.

– J'en ai pas.

Je n'arrive pas à cacher mon étonnement et reste quelques secondes la bouche ouverte, à la recherche de l'élément qui m'a échappé. Florin a sûrement un grand frère ou une grande sœur possédant un appareil. Sinon, je ne vois pas pourquoi il voudrait se lancer dans un projet photo. Il ne peut pas savoir que j'ai un Coolpix. Mes grands-parents me l'ont offert quand ils ont reçu la première pension d'invalidité de Bunica. Une pension qui n'a couvert que le tiers du montant du cadeau.

– T'en as pas ?

– J'en ai pas, mais toi, t'en as un.

– Comment le sais-tu ?

– Je t'ai vue plusieurs fois en ville, en train de faire des photos.

– Ah !

– …

Je ne suis pas de nature bavarde et j'apprécie les gens sachant se taire, mais, pour une fois, j'aimerais bien avoir en face de moi quelqu'un d'un peu plus loquace.

Comme s'il lisait dans mes pensées, Florin me demande :

– Ça te dit qu'on se voie demain matin pour travailler sur le projet ?

– D'accord.

– Alors rendez-vous à 11 heures devant le kiosque à fleurs du carrefour des rues Tchaïkovski et Florească.

L'affaire est conclue. Je lui réponds « OK », histoire de varier un peu mon registre lexical.

Bunicu nous attend à la sortie de l'école, dans sa voiture à la couleur flamboyante. Je me dis que les élèves doivent quand même trouver curieux que des enfants de cueilleurs de fraises se déplacent aussi fréquemment en taxi. Mais finalement, je me rends compte que, parmi mes camarades, les enfants dont les parents sont à l'étranger vivent mieux que la majorité. Ils ont des vêtements de marque, des téléphones portables, des tablettes… Au déjeuner, ils vont manger au McDo et ne se contentent pas d'un bretzel trempé dans un yaourt Zuzu (qui donne « plus de vie », selon le slogan). Il suffit d'observer les cours de récréation pour comprendre quand des parents sont rentrés à la maison ou ont transféré de l'argent à leur famille, leurs enfants exhibant fièrement les fruits de leur travail de migrants.

Avant 1989, les Roumains émigraient à l'étranger (quand ils y arrivaient) pour échapper au communisme et à la dictature des Ceaușescu. Aujourd'hui, ils quittent la Roumanie pour ne plus subir la pauvreté et la corruption. Est-ce mieux ainsi ? Je n'ai pas vécu le communisme, mais au moins, avant, les parents n'abandonnaient pas leurs enfants.

Je grimpe dans la Logan, côté passager. Zoe n'est pas encore sortie de l'école. J'appréhende un peu de la retrouver, sa récitation ayant probablement fait d'elle l'objet de toutes les brimades.

– La voilà ! s'exclame Bunicu, apparemment aussi stressé que moi.

Je le soupçonne même d'être venu nous chercher pour que Zoe puisse trouver dans son tacot un abri et du réconfort.

Ma sœur monte à l'arrière, un large sourire aux lèvres et les joues joliment rosées.

– Ça va, ma Zoe ? Ta journée s'est bien passée ? l'interroge mon grand-père d'un air qui se veut détendu.

– Super, Buni ! J'ai eu dix sur dix à ma poésie. Mme Badicou m'a précisé que j'étais la seule à avoir respecté les consignes.

– Ah, mais c'est bien, ça ! Mais dis-moi, tes camarades ont-ils également apprécié ta poésie ?

– En fait, ils ne l'ont pas entendue, car il n'y avait plus assez de temps pour que je la lise. J'ai proposé à Mme Badicou de la réciter lundi prochain, mais elle m'a répondu qu'il ne valait mieux pas. Je ne sais pas pourquoi… C'est trop dommage, j'aurais bien aimé la lire à voix haute ! Buni, ce soir, est-ce qu'on peut appeler papa et maman sur Skype ? J'aimerais bien la leur réciter…

– Bien sûr, bien sûr. Hein, Ilinca ? C'est une bonne idée, tu ne trouves pas ?

Je marmonne un vague oui et tourne la tête pour m'intéresser aux rues, aux passants, aux monuments qui défilent sous nos yeux.

Alors que notre voiture est arrêtée au carrefour, j'observe le vieil homme à la main tendue. Il est là chaque matin et chaque soir, en hiver comme en été. Il a fini par faire partie de mon paysage. Il est un repère, l'un des points d'ancrage de mes journées. Toujours à sa place, il attend le passage au feu rouge, puis avance à pas lents, au milieu des voitures, tendant la main aux automobilistes, qui lui donneront peut-être, en attendant que le vert apparaisse, un billet ou un morceau de pain. Quand je me lève le matin, je sais que je vais le retrouver au même endroit que la veille, comme je savais, il y a encore trois mois, que j'allais trouver maman dans la cuisine en train de préparer le petit déjeuner.

Je me dis qu'un jour, lui non plus, je ne le verrai plus.

7
Neiges roumaines, peines lointaines

J'éteins le réveil avant qu'il ne sonne pour ne pas réveiller Zoe qui dort profondément sur le côté droit de notre lit improvisé. Je frôle des pieds une paire d'oreilles poilues (Toulouse, je crois) et trouve mes chaussettes en dessous. Dans celle de gauche, je découvre un nouveau petit papier laissé par Bunica : « La vie, c'est comme le jour, il faut la voir. »

Tout en réfléchissant aux mots de ma grand-mère, je me dirige vers la salle de bains. Comme chaque matin, je découvre Quimper dans la douche. Breton par son nom, notre chat a un besoin irrépressible d'être en contact avec l'eau.

Je me fraie un chemin entre la litière et le tancarville précédant la douche. Je me rappelle encore le jour où nous étions partis l'acheter chez Ikea. C'était un dimanche matin. Comme beaucoup de familles, mes parents et moi passions pas mal de temps dans les *malls*, ces centres commerciaux qui poussent dans la ville comme des champignons. En fait, nous n'achetions rien, nous nous contentions de faire les vitrines en touchant des yeux les produits aux prix exorbitants. C'est la prime que maman avait reçue pour Pâques qui avait payé le tancarville, après de longues années où notre linge avait séché sur les radiateurs. Zoe s'était amusée comme une petite folle dans l'espace jeu du grand magasin, et papa et maman nous avaient offert une tarte aux amandes dans le restaurant contigu.

On était bien… Pourquoi papa et maman ont-ils décidé de tout changer ?

Hier soir, quand Zoe les a appelés sur Skype, je n'ai pas voulu rester dans la pièce. De la cuisine, je l'entendais réciter sa poésie et les détails de sa journée, on avait l'impression qu'ils se trouvaient tous les trois assis sur le canapé du salon, une soirée ordinaire dans la vie ordinaire d'une famille ordinaire. Au bout de vingt minutes, je me suis finalement jointe à cette « réunion familiale ». J'ai répondu poliment aux questions de maman : « Oui, j'ai ressorti les doudounes, les gants et les bonnets du placard ; non, je n'ai pas oublié de payer les charges de l'immeuble ; non, je n'ai pas eu de nouvelles notes ; non, je n'ai rien de spécial à dire ; mais oui, je vais bien, ne vous en faites pas. » À la fin, papa nous a annoncé qu'il avait déjà prévenu ses collègues de son absence mi-janvier. Je n'ai rien répondu, laissant les joyeux gloussements de Zoe combler mon silence.

Sept jours en janvier. Soit seulement trois jours ici, si on enlevait le temps du trajet, pensé-je en refermant doucement la porte de notre deux-pièces pour aller retrouver Florin.

Il neige. Bucarest flotte dans une bulle de flocons. Poudreuse et silencieuse, ma rue est ensevelie sous une épaisse couche blanche. Sans les appareils ou les objets emmagasinés sur les balcons, on ne reconnaîtrait pas notre immeuble. Nos voisins y entreposent tout ce que leurs logis ne peuvent plus contenir : un réfrigérateur, une commode, un ventilateur, la poussette des enfants, un vélo… qu'ils recouvrent soigneusement de tissu pour les protéger des longs mois d'hiver. Je lève la tête vers la fenêtre de notre appartement, cherchant la main de maman qui m'enverrait un baiser et ferait un geste pour me rappeler de mettre ma capuche.

Les rumeurs de la ville sont quasi imperceptibles. J'entends à peine arriver le tramway n° 5, dont le roulis est adouci par son épais lit de neige. Je m'installe à la place que maman et moi aimions occuper lorsque nous allions en ville. Je sors mon Coolpix et photographie le siège orange en face de moi. Vide de l'absence. Combien de personnes se sont-elles installées à cette place après maman ? J'essaie de faire un rapide calcul dans ma tête. Trop, beaucoup trop…

Emmitouflé dans sa grosse écharpe en laine,

Florin m'attend comme convenu devant le kiosque à fleurs, au carrefour des rues Tchaïkovski et Florească. Devant la petite baraque verte dominée d'un grand panneau publicitaire IKEA (au slogan presque insolent : « Certains se détendent quand d'autres s'activent »), Florin me fait un signe énergique de la main, à côté d'une femme, la fleuriste sans doute. Le teint mat, petite et ronde, elle a la tête recouverte d'un foulard et porte un grand manteau en laine beige sur une longue jupe fleurie. Alors que je presse légèrement le pas, je vois la fleuriste dire quelques mots à Florin, puis rentrer dans la baraque à fleurs. Elle en ressort avec trois iris bleus, qu'elle donne à Florin.

– Salut, Ilinca. Tiens, c'est pour fêter les premières neiges, dit Florin en me tendant le bouquet.

Je prends les fleurs, ne sachant trop quoi dire. Son attention me touche et me gêne en même temps. Je bredouille un vague « bonjourmerci ». Florin propose que nous allions nous promener dans le parc Florească pour discuter du projet de l'école. Je lui sors mon éternel « d'accord », qui me sauve de toutes les situations de communication à risques. Je remarque que Florin n'a pas payé la fleuriste, qui attend toujours à sa gauche.

– Euh… Florin, je crois que la dame attend que tu la paies, lui dis-je à voix basse.

– Ha, ha ! Mais non, elle, c'est ma mère !

– …

– Bah oui, c'est ma mère, je suis son fils, quoi, m'explique Florin.

À mon grand soulagement, il n'est pas le moins déconcerté par l'air ahuri, limite stupide, que j'imagine avoir à cet instant.

Je n'en reviens pas. Cette fleuriste rom que je croise chaque mercredi après-midi lorsque je vais à la piscine est la maman de Florin ? J'avais bien remarqué les cheveux bruns et le teint bronzé de mon voisin de classe, mais j'avais surtout retenu ses yeux très bleus. Jamais je n'aurais pensé qu'il pouvait être d'origine rom. Ici, en Roumanie, le sujet est assez sensible. Avoir les cheveux et la peau sombres peut tout de suite vous attirer des sarcasmes ou même des insultes.

Et si vous ne l'êtes pas, être désigné comme un Rom revient à être insulté, car les Roms sont mal vus, méprisés, raillés, considérés comme des voleurs ou des profiteurs. C'est simple, il faut éviter d'en parler et faire comme s'ils n'existaient pas. Les parents apprennent même à leurs enfants à changer de trottoir à l'approche d'une jupe fleurie ou d'un vendeur de ferraille au teint mat…

Dans ma famille, avant que les temps ne deviennent vraiment difficiles, on n'avait jamais mis d'étiquettes sur les gens. Il y a encore peu de temps, mes parents laissaient ma sœur jouer avec une fillette rom qui habite juste à côté de chez nous. Zoe étant allée deux fois chez elle, j'avais eu droit à une description détaillée de leur maison. Un véritable palace : des télévisions partout, trois étages, une salle de bains avec baignoire et douche dans chaque chambre, sans parler des trois voitures, dont deux 4 × 4 garés ostensiblement devant la bâtisse luxueuse. Le père tient un garage juste au coin de la rue, et son affaire semble très bien marcher, vu le nombre de véhicules que nous voyons aller et venir. À compter du jour où nos parents n'ont plus réussi à payer les factures, Zoe n'a plus eu le droit d'aller jouer avec la petite Anita. Un véritable drame dans la vie de ma sœur. Mais papa était resté très ferme. Je l'ai entendu parler à maman avec des mots que je n'aimais pas, lui interdisant de laisser leur fille jouer avec cette famille de şmechers*, des voleurs de poules et de cuivre.

Mon bouquet d'iris à la main, je suis encore toute à ces pensées quand Florin me demande si je vais bien.

– Oui, oui ! Allez, viens. Dépêchons-nous de traverser, c'est vert.

Florin embrasse rapidement sa mère, puis nous prenons la direction du parc. Une fois de l'autre côté de la rue Florească, je tourne la tête vers le kiosque à fleurs que je ne vois désormais plus de la même manière. Je me rends compte qu'après le défilé des immeubles gris de la rue

Tchaïkovski la petite boutique préfabriquée ressemble à une oasis de couleurs et d'odeurs, un temps en suspension offert aux citadins pressés.

Malgré les flocons qui ne cessent de tomber, Florin et moi passons deux heures au parc à nous parler, à nous écouter, pauses de respiration comprises. Certains silences veulent parfois dire beaucoup. J'apprends que Florin a perdu son père il y a quatre ans. Aujourd'hui, il vit seul avec sa mère. Il a un grand frère qui est vigile dans un supermarché, une sœur qui travaille dans une pâtisserie et une autre qui est avocate. Sans leur aide, sa mère et lui n'y arriveraient pas.

– Et sans ses fleurs, maman n'aurait pas tenu… Dans la famille, toutes les femmes sont fleuristes. Maman a appris le métier à dix ans, de sa propre mère. C'est pour ça qu'on porte tous des noms de fleurs. Mes deux sœurs s'appellent Anemona et Violeta. Mon frère, c'est Ghiocel* et moi, Florin !

J'aurais pu poursuivre avec les noms de voiture choisis par mes grands-parents maternels pour baptiser leurs filles, y voyant une occasion en or de rapprocher nos deux familles, mais finalement, je me dis que ce parallèle ne serait pas forcément des plus appropriés.

Au fil de la conversation, je parle à Florin de ma famille, de mes parents partis *provisoirement* en France, de mes grands-parents, de ma petite sœur. Au détour d'un mot ou d'une phrase, je plonge le regard dans mes iris, bleus comme les yeux de Florin, y puisant un peu d'élan, un peu d'assurance. Et entre nos silences et nos mots, nous nous rendons compte que nous avons complètement oublié le projet de l'école. Il fait désormais trop froid pour que nous en parlions. Florin propose de nous rencontrer demain chez lui.

– T'as pas le choix, c'est pour l'école ! dit-il d'un air taquin.

Entraînée par son enthousiasme, j'accepte son invitation sans hésiter.

Dans le tramway qui me ramène à la maison, je pose les trois iris bleus sur le siège orange en face de moi, puis je prends une photo.

Les vides sont aussi faits pour être remplis.

8
Ma vie en deux consonnes et une voyelle

C'est l'expédition courses du dimanche matin. Bunicu est au volant de sa Logan jaune, notre grand-mère à ses côtés, et Zoe et moi sur la banquette arrière. Tandis que nous nous dirigeons vers le supermarché, ma sœur chante de concert avec Dan Bittman, le fameux tube *Rentre à la maison*. Une chanson qui ne pouvait pas mieux coller à mon humeur du jour. Les dimanches sont les journées où l'absence de maman et papa est la plus dure à supporter.

Après la chanson, la présentatrice de ProFM n'oublie pas de rappeler qu'en plus d'être le chanteur du célèbre groupe Holograf Dan Bittman est également conseiller auprès du ministère des Finances. Zoe n'en revient pas.

– Waouh ! Bunicu, tu savais qu'en faisant des études de chanteur on pouvait aussi devenir homme politique ?

Le regard concentré sur la route, mon grand-père cherche une réponse qui n'ira pas décupler l'imagination déjà débordante de ma petite sœur.

– Mimi, tu sais qu'il y a des métiers qui ne nécessitent pas forcément d'études spécifiques et qui…

Aïe ! Que n'avait-il pas dit !

– Quoi ? Tu veux dire qu'on n'est pas obligé d'étudier pour avoir un métier, mais alors à quoi ça sert d'aller à l'école tous les jours ?

– Zoe, laisse-moi terminer… Regarde, moi, j'ai suivi des études de comptabilité, puis je suis devenu chauffeur de taxi, ce qui n'a pas vraiment de rapport. Ce qui compte dans le métier que tu exerces, c'est la passion. Mais il faut quand même faire des études afin de mettre tes connaissances au service de ta passion.

– Oui, mais chanteur et conseiller politique, c'est quand même pas du tout pareil. Alors que comptable et chauffeur, si, car faut bien savoir compter pour rendre la monnaie au client. Mais dis, Bunicu, y en a d'autres des chanteurs qui sont hommes politiques ?

Bunicu me lance un regard un peu désespéré, cherchant un soutien de ma part, une idée pour ramener Zoe à la réalité.

– Des chanteurs, hummm ! Je ne vois pas, mais des acteurs, j'en connais. Tiens, Arnold Schwarzenegger, il a été acteur, puis gouverneur de la Californie.

– Je le connais pas ton Arnold machin... Mais Indila alors ? Elle aussi, elle pourrait devenir homme politique ? demande-t-elle d'un ton très sérieux, en tant que fan absolue de la célèbre chanteuse française.

Indifférente aux carrières politico-spectaculaires des personnalités qui nous gouvernent, Bunica semble plongée dans sa bulle de silence, regardant tantôt Bunicu, tantôt la route blanche sillonnée par les véhicules nous précédant, tantôt son ouvrage de tricot qu'elle emporte partout avec elle (elle démarre la chaussette droite de la paire qu'elle m'offrira très prochainement). Loin de tout, elle communique avec les yeux. Au fil du temps, j'ai appris à lire en eux l'amour, la peur, la compréhension, l'attente… Cette attente que je partage avec elle et que je n'arrive pas non plus à exprimer, mais pour d'autres raisons. Parfois les mots me paraissent tout simplement inutiles.

La langue roumaine réunit l'attente, le manque et le regret en un seul petit mot, qu'aucune autre langue ne peut traduire : le dor. Et je crois qu'en ce moment l'état de mon âme est tout entier contenu dans ces trois lettres.

– Oh, ne me parle pas de cette chanteuse ! s'énerve Bunicu. De notre temps et du temps de tes parents, on aimait les vrais chanteurs : Charles Aznavour, Enrico Macias, Demis Roussos, Joe Dassin…

Joe Dassin, que maman et papa adorent… Surtout maman, qui m'avait raconté qu'elle avait rencontré mon père sur l'air de *L'Été indien*.

On ira où tu voudras, quand tu voudras
Et l'on s'aimera encore, lorsque l'amour sera mort
Toute la vie sera pareille à ce matin
Aux couleurs de l'été indien.

Apparemment, maman avait respecté les paroles du chanteur à la lettre, car, au début de l'automne, par un bel été indien roumain, elle avait suivi papa jusqu'en France.

Dans les allées du supermarché, je ne cesse de surveiller ma montre, car je dois retrouver Florin à 13 heures. Bunica m'interroge des yeux. Je fais mine de ne rien remarquer et me concentre sur les sacs de litière et les croquettes pour chats. Mais Bunicu se fait la voix de sa femme.

– Qu'est-ce qu'il y a, Ilinca ? Tu as un rendez-vous ?

Si je ne dis rien, c'est clair que je n'arriverai pas à temps.

– Je dois retrouver un camarade à 13 heures pour travailler sur un projet en roumain.

– Ah, mais fallait nous le dire ! On va te déposer directement après les courses, ce sera beaucoup plus simple. Il s'appelle comment, ton camarade ?

– Florin…

– Comme Florin Salam ! lance ma sœur, qui est passée d'Indila au chanteur rom de manele*.

Je n'ai pas trop envie que mes grands-parents et Zoe me déposent devant la maison de Florin. Et s'il habitait dans ces roulottes ou sous ces tentes en nylon que j'avais vues un soir dans une émission sur la chaîne ProTV ? Le reporter avait expliqué que plus de 500 000 Roms vivaient en Roumanie dans la plus grande misère, sans eau courante ni sanitaires. Ma famille devinerait aussitôt les origines de Florin… et j'en connais une qui irait sur-le-champ tout répéter à papa.

Mais je n'ai pas le choix, il est déjà 12 h 30. Si je dois repasser par la maison et ensuite prendre le tramway et le bus, je serai en retard.

– D'accord, je veux bien que tu me déposes au coin de sa rue.

– Très bien, ça me fait toujours plaisir de conduire ma petite princesse.

– Et moi alors, je sens mauvais ? s'exclame Zoe, une pointe de jalousie dans la voix.

– Mais non, Zoe ! Ilinca, c'est ma petite princesse, et toi, tu es ma petite reine, lui répond Bunicu. Comme quand votre maman avait votre âge. Elle, c'était notre petite princesse, et sa sœur Skoda, notre petite reine.

– Et quand la petite princesse devint grande, elle décida de quitter le royaume familial, car son prince charmant lui avait promis que l'herbe était plus verte ailleurs… ne puis-je m'empêcher de répliquer.

Mon grand-père me regarde fixement de cet air grave que je lui connais si peu et qui me fait aussitôt regretter ma phrase.

9
Rue Radu Calomfirescu, n° 2

Florin habite sur le kilomètre zéro de la capitale, juste en face de l'église Saint-Georges, après la place de l'Université. Ce quartier est surtout connu pour sa forte population rom, ses très nombreux cafés et ses étranges bulles rouges à l'entrée des immeubles. Ces formes rondes et écarlates ne sont pas là pour faire joli, mais pour signaler qu'en cas de tremblement de terre les bâtiments s'effondreront comme un château de cartes. C'est aussi la zone où l'on trouve le plus de chiens errants. Malgré cela, il reste également l'un des plus beaux endroits de la ville, avec ses magnifiques édifices, sa cour princière, les ruines du palais et l'église Saint-Antoine, la plus ancienne de la capitale. Malheureusement, comme partout à Bucarest, si certains monuments classés sont restaurés, beaucoup d'autres se dégradent et finissent par être démolis.

Le vieux quartier de Bucarest est à l'image de la ville entière : un lieu où le clair côtoie l'obscur. Mais c'est justement cette cohabitation du beau et du laid qui fait toute sa beauté.

Chère Bucarest,

Tous ces fils électriques qui pendent au-dessus de nos nez te vont très bien. Certains d'entre eux te donnent un air charmant de bohème, ils me font penser aux papillotes de Louis de Funès dans Les Aventures de Rabbi Jacob, *tandis que d'autres forment de véritables œuvres d'art s'entremêlant aux hauts piliers sur lesquels tu te tiens. Et puis ces ronds rouges que tu portes sur tes grosses joues te rendent humaine, une légère couperose qui ne veut pas passer, une adolescence retardée qui s'en ira bientôt dès que tu auras trouvé le remède adapté, sans effets indésirables…*

– Ilinca, c'est par là ? Tu peux me redonner le nom de la rue ?

Bunicu me tire brusquement de mes rêveries, m'obligeant à interrompre mon monologue imaginaire.

– C'est la rue Radu Calomfirescu, mais, Buni, tu peux me déposer devant l'église. Ce sera plus simple. Et puis j'aime bien marcher. Je reviendrai en tram, je viens de réaliser que c'est direct avec le 5…

– Comme tu veux, mais, avec ce temps, ce n'est pas très prudent, dit mon grand-père, inquiet à l'idée de me laisser dans ce quartier que l'on dit « malfamé ».

Zoe, qui trépigne d'impatience de voir où habite mon mystérieux camarade, a du mal à cacher sa déception. Quant à Bunica, je suis presque heureuse qu'elle ne parle pas, tant je lis dans ses yeux un mélange confus de stupéfaction et d'affolement. Si elle avait un crayon et un bout de papier à portée de main, son message serait rempli de points d'exclamation et d'interrogation.

Grâce à un dernier coup d'œil vers la voiture, je vois ma grand-mère en train de faire son signe de croix de droite à gauche (front, poitrine, épaule droite, épaule gauche), comme chaque fois qu'elle passe devant une église.

Aujourd'hui, celle de la place Saint-Georges est encore plus belle sous son manteau de neige. Ses platanes nus se sont couverts d'un épais voile blanc qui laisse entrevoir de longues branches, comme des bras tendus vers le dôme de l'église immaculée. Dans cette pureté absolue, déconcertante, je trouve la chaleur dont j'ai besoin pour aller chez Florin.

Après cinq minutes de slalom entre les congères et les chiens errants, j'atteins la cordonnerie dont m'a parlé mon ami. « Notre immeuble est juste en face. Quand tu verras une vitrine décorée d'un tag immense : "Joyeux anniversaire, Anita !", tu sauras que tu es arrivée. » Florin m'a expliqué que le gérant n'a jamais voulu effacer l'inscription en lettres colorées. À chaque client nouveau, il offre un récit différent où Anita est tour à tour une épouse, une petite amie, une sœur, lesquelles ont des prétendants tous plus étonnants les uns que les autres, à des époques volontairement floues… Ce qui est certain cependant, c'est que cette Anita contribue largement à la prospérité du cordonnier, à tel point que ses clients disent « aller chez Anita » quand ils vont faire réparer leurs souliers.

Je suis parvenue au n° 2 de la rue Radu Calomfirescu : un bloc d'environ cinq étages, à l'aspect un peu plus délabré à mesure que vos yeux descendent du toit vers le rez-de-chaussée. La belle toiture en tuiles marron contraste fortement avec la façade de l'immeuble : ses murs s'effritent, les vitres du deuxième étage sont partiellement brisées, les boîtiers extérieurs des appareils à air conditionné penchent dangereusement, et des fils électriques ondulent un peu partout. Ignorant la grosse bulle rouge collée au-dessus de la porte d'entrée, j'entre dans le hall d'entrée. Je renonce à prendre l'ascenseur quand je m'aperçois que ses portes en bois ne ferment pas et que ma tête touche les fils électriques qui pendent du plafond. Me faufilant entre les plantes qui trônent sur chaque marche de l'escalier, j'atteins enfin le quatrième étage.

Florin m'ouvre aussitôt, à croire qu'il attendait derrière la porte. Un grand sourire aux lèvres, il me salue à la manière d'un prince et se propose de me débarrasser de mon manteau couvert de flocons.

Puis il me fait visiter son « palais ». Je me rends très vite compte que, comparé à notre minuscule deux-pièces, l'appartement de Florin mérite réellement cette appellation. Un grand séjour et une cuisine qui ferait rêver ma mère avec plusieurs larges plans de travail et une vraie table. Trois chambres, une salle de bains qui fait deux fois la nôtre et deux W-C. Un très gros poêle en faïence rouge donne au séjour un air chaleureux, et son charmant petit balcon en fer forgé offre une superbe vue sur tout le quartier historique.

– C'est chouette chez toi. Ta mère n'est pas là ?

– Non, répond Florin. Elle est au magasin. Mais elle nous a préparé à manger. Viens !

Pendant que nous dégustons les délicieux

plats de sa mère (des sarmale* avec de la mamaligă*), nous discutons du concours Mihai Eminescu.

Florin a déjà quelques idées.

– J'ai réfléchi et j'ai pensé qu'on pourrait faire un blog photographique et poétique sur Bucarest. On prendrait des photos des lieux qui nous semblent les plus emblématiques, montrant le Bucarest que les gens ne voient pas ou ne veulent pas voir. Et on accompagnerait chaque photo d'un petit poème.

La bouche remplie de farine de maïs, je constate que mon ami incarne à lui tout seul le fameux « potentiel créatif » du concours.

– Oui, mais moi, je n'aime pas trop écrire…

– Pas grave, répond Florin. Toi, tu t'occuperas des photos, et moi, j'écrirai le texte. Il faudrait que tu me les envoies par mail au fur et à mesure, pour que je puisse choisir celles qui m'inspirent le plus.

– Ça marche. Je trouve que c'est un projet très chouette.

Pourquoi est-ce que mes commentaires

se limitent-ils à ces mots tellement banals ? « D'accord », « ça marche », « c'est chouette » ? alors qu'une foule de choses me passent par la tête au même moment. C'est comme si tout restait bloqué dans mon cerveau, entre l'hémisphère droit et l'hémisphère gauche.

On entend la porte de l'entrée s'ouvrir, puis la mère de Florin fait son apparition sur le seuil de la cuisine, les bras chargés de cabas. Florin se lève aussitôt pour l'aider.

– Ça va, les enfants ? nous demande-t-elle, les yeux brillants, le nez et les joues rougis par le froid.

– Super, maman ! répond Florin. On a travaillé sur notre projet et on a trouvé une idée géniale.

Sa mère continue de l'écouter, tout en déballant ses sacs. Je me dis qu'il serait peut-être temps que je commence à lui adresser la parole, sinon elle va finir par croire que j'ai perdu ma langue ou mes bonnes manières.

– Euh… Merci, madame, pour le repas. Vos sarmale sont délicieux.

– De rien, ma cocotte, mais appelle-moi Tanti Flori. Tu veux bien ?

– D'accord… Tanti Flori.

– Et maintenant vous faites quoi ? Florin, as-tu déjà montré le marché aux fleurs à Ilinca ?

Florin répond que non et propose d'y aller tout de suite, avant que la nuit ne tombe. Il me raccompagnera ensuite au tramway.

– Il y a des fleurs partout, me dit Florin en m'aidant à passer mon manteau. Il faut juste apprendre à les voir.

10
Apprendre à voir les fleurs

Dans le tram me ramenant chez moi, je suis encore sous l'effet un peu euphorisant de l'explosion colorée et parfumée qui m'a assaillie à l'entrée du marché aux fleurs George Coşbuc*. Croisant mon reflet dans le rétroviseur du conducteur, je me rends compte que leurs couleurs ont légèrement déteint sur mes joues et dans mes yeux.

Je n'imaginais pas que notre ville cachait un tel paradis derrière le gris de ses barres d'immeubles.

C'est là que tous les fleuristes de la ville vont s'approvisionner de jour comme de nuit. De mon voyage au pays des fleurs, je rapporte des sensations, des gestes, des émotions : une profonde inspiration entre les étalages de mimosas et d'anémones, l'impression que le poids pesant sur mon cœur se transforme en une jonquille légère et sauvage, ma main plongeant dans les seaux de pétales roses et blancs posés à l'entrée de chaque allée, mes yeux émerveillés refusant de quitter les fleurs solaires de ce mois d'hiver, mes joues reprenant couleur au contact des roses souriantes et chatoyantes, mes yeux brillants, presque larmoyants (à cause des effluves, me suis-je empressée de dire à Florin), l'envie irrépressible d'emménager dans ce lieu unique, là, entre deux cageots de tulipes rouges...

Florin a tenu à m'offrir trois bouquets de fleurs. Je l'ai laissé les choisir pour moi. Il m'a tendu tout d'abord des chrysanthèmes-blancs-je-vous-aime, puis des pensées-pense-à-moi-comme-je-pense-à-toi et des roses sauvages-je-te-suivrai-à-tous-les-âges.

C'est ainsi que, chargée de mes trois bouquets bariolés, je débarque à la maison. La porte d'entrée est juste en face de la cuisine où sont installés mes grands-parents (Bunica épluche des pommes de terre tandis que Bunicu essuie la vaisselle), il m'est donc difficile de passer inaperçue. Sans ma chambre, je n'ai plus aucun endroit où aller discrètement me réfugier, comme le ferait toute adolescente après une telle escapade fleurie.

– Ilinca, d'où tu viens comme ça ? T'as braqué la fleuriste du coin de la rue ? me lance joyeusement Bunicu.

– Non, Florin et moi, on est allés se promener au marché des fleurs et il m'a…

– Ilyyyyyyyyyyyyy, viens vite ! Y a maman et papa qui sont sur Skype, ils veulent te parler, s'exclame ma petite sœur.

Elle me dispense ainsi du récit des heures passées avec Florin, ces instants que je voudrais garder pour moi seule.

Je file dans le salon dans lequel je trouve Zoe assise devant l'écran d'ordinateur, face à nos parents.

Ces derniers me regardent arriver d'un air

interdit. Je pose mes fleurs sur le canapé et m'assieds à côté de ma sœur.

– Bonjour, ma chérie. Dis donc, tu en as de jolies fleurs ! D'où viennent-elles ? me demande maman en souriant.

– Du marché Coşbuc... le marché aux fleurs.

Papa lance un regard à maman, puis, comme je m'y attendais, prend très rapidement la parole.

– Mais, Ilinca, que faisais-tu dans ce quartier ? Tu sais bien qu'il n'est pas du tout recommandable. Ta mère et moi t'avons toujours dit d'éviter ce genre d'endroit. C'est dangereux, plein de chiens errants et... de gens peu fréquentables. Tu pourrais te faire voler ou agresser.

Repensant aux gens que j'ai rencontrés, aux sourires et aux mots gentils des vendeurs, aux attentions de Florin, à cette insouciance que j'ai éprouvée dans ces allées colorées, je sens ma colère remonter d'un cran.

– Mais pas du tout, j'étais avec un ami. Ça ne craint rien là-bas, et puis j'ai passé un très bon moment.

Par mon ton sec et ferme, mes parents comprennent qu'ils feraient mieux de changer de sujet, s'ils ne veulent pas que je leur ferme de nouveau le clapet. Sans transition, comme dirait ma sœur, maman nous demande le temps qu'il fait.

Ne souhaitant pas ressembler à l'ado rebelle et insolente qui hante les nuits de nombreux parents, je décide de me montrer sous mon meilleur jour, ou plutôt sous un jour meilleur du point de vue de papa et maman.

– Et vous, comment allez-vous ? Vous vous habituez à votre vie à la française ?

Nos parents nous font le récit de leur quotidien à Yvetot. Papa passe dix heures par jour à son cabinet et travaille également deux week-ends par mois. Il aime son travail, mais semble assez fatigué, comme le montrent ses traits tirés. Deux semaines après leur arrivée, maman m'avait écrit un long message où elle m'avait confié que certains patients avaient refusé de se faire ausculter par papa. Mais, bien sûr, il ne nous avait rien dit, s'évertuant à montrer de leur vie à la française l'image qu'il s'en faisait en Roumanie.

Maman avait eu moins de mal à se faire accepter par la communauté, car les gens admettaient mieux que les Roumains (ou Roms, puisque là-bas les gens ne font pas la différence) s'occupent de personnes âgées ou fassent des ménages. Là étaient leurs places, devaient-ils penser... Au bout du compte, m'étais-je dit, les Roumains en France se retrouvaient dans la même situation que les Roms en Roumanie.

Maman nous parle également de Simone, la dame de quatre-vingt-cinq ans dont elle s'occupe chaque jour. Elle nous raconte que les trois enfants de la vieille dame sont éparpillés aux quatre coins de la France et ne se soucient absolument pas de leur mère. La mienne s'est très vite attachée à elle. Elle lui prépare les délicieux plats dont nous nous régalions le samedi soir, et cette femme qui ne connaissait rien de la Roumanie semble énormément apprécier ses aubergines farcies. Après Simone, maman va chez Jean, un monsieur paraplégique de soixante-quinze ans. Et une fois terminé ses soins chez les deux personnes âgées, elle s'occupe du ménage de familles aisées d'Yvetot.

– Et sinon vous avez visité des choses ? Vous avez vu le château de Versailles ? demande Zoe, que les histoires de Simone et de Jean ne passionnent guère.

Depuis qu'ils sont partis de Bucarest, maman et papa n'ont rien fait, à part travailler. Leur connaissance de la France se limite donc à Yvetot et aux champs et aux vaches qu'ils ont pu admirer sur la route les conduisant en France. Après avoir franchi la frontière italienne, ils avaient fait plusieurs escales et pu ainsi visiter les toilettes de quelques villes françaises, le temps que le conducteur du car fume sa cigarette. Mais Zoe se fiche des toilettes à la française. Elle, elle souhaiterait qu'ils leur parlent des Champs-Élysées, de Disneyland, de la tour Eiffel... Toutes ces lumières qu'elle fait briller dans sa tête quand le dor* devient trop fort.

– Non, mon cœur, pas encore. Tu sais, papa et maman travaillent beaucoup pour que leurs petites filles adorées ne manquent de rien et ils n'ont le temps de rien.

Mais avez-vous demandé à vos petites filles adorées ce qui leur manquait vraiment à elles ?

Je leur dis ou je ne leur dis pas ?

Je leur dis.

11
Et cetera

Onze jours.

Onze jours sans parler à mes parents.

Onze jours que ma colère est sortie de sa cage.

Incontrôlable. Je n'ai rien pu faire.

Après : *Mais avez-vous demandé à vos petites filles adorées ce qui leur manquait vraiment à elles ?*, je n'ai rien pu retenir, et un flux de mots refoulés depuis plusieurs semaines s'est échappé de ma bouche avec une violence que je n'aurais jamais soupçonnée. Des mots comme « irresponsabilité », « abandon », « orphelines » ont jailli sans crier gare ; des phrases comme « je vous déteste», «je ne veux plus jamais vous parler», «je ne vous pardonnerai jamais ce que vous nous faites vivre» les ont allègrement accompagnés, aidées d'innombrables points d'exclamation augmentant généreusement le niveau sonore de la discussion.

Zoe a suivi toute la scène de sa chaise, la bouche légèrement entrouverte et le regard affolé.

J'ai terminé mon déballage en fermant (encore) violemment le clapet de l'ordinateur et de mes parents par la même occasion, un geste que j'aurais peut-être dû anticiper afin d'empêcher le flot de mes pensées exacerbées.

En me levant, j'ai renversé ma chaise qui est tombée sur la tête de Toulouse, lequel, décidément, a le chic pour se trouver au mauvais endroit au mauvais moment. En la relevant, je me suis alors aperçue que mes grands-parents étaient derrière, sagement assis sur le canapé. Je ne sais pas depuis quand, mais, de toute évidence, ils ont assisté au dénouement tragique du drame dans lequel je me suis attribué tous les rôles. Ma colère a même dû résonner dans les oreilles pourtant impénétrables de Bunica, qui m'a regardée d'un air triste et paniqué à la fois. Quant à Bunicu, il avait les yeux brillants, mouillés, je crois. La seule fois où j'ai vu mon grand-père pleurer, c'est devant la rediffusion de *La Soupe aux choux*, encouragé par Zoe qui s'esclaffait sans retenue en se tapant sur les cuisses… Je donnerais n'importe quoi pour que ces larmes de rire reviennent et effacent celles d'il y a onze jours.

Pendant que Zoe prend sa douche, je suis de nouveau assise devant l'ordinateur, et je lis un message de maman qui m'annonce qu'elle sera « CHEZ NOUS » dans trois jours. Ces derniers temps, elle a longuement discuté avec papa, et ils ont décidé que la meilleure solution était de venir séparément, dès ce mois de décembre. Maman partirait donc d'Yvetot mercredi et serait CHEZ NOUS vendredi. Elle a demandé à ses différents patrons quelques jours pour aller voir ses enfants restés en Roumanie, tout comme procèdent les étudiants faisant la cueillette des pommes, quand ils demandent à leur patron un congé pour retourner dans leur famille.

Je relis plusieurs fois le mail de maman pour être sûre de ne pas rêver. Son ton très doux, ses mots « mon cœur », « mon petit ange » ; ses phrases : « Nous serons très bientôt ensemble », « Tu pourras tout dire à ta maman », « Nous irons manger sous les arcades » et ses nombreux « et cetera » suivis de trois petits points de suspension font disparaître en moi toute la tension que je sentais accumulée depuis plusieurs jours dans ma nuque et mes épaules.

– Ily, tu fais quoi ?

Zoe est revenue de la salle de bains. Les cheveux dégoulinants, ses verres de lunettes pleins de buée, le tout enveloppé d'un délicieux parfum de fleur d'oranger.

– Maman nous a écrit. Tiens-toi bien. Elle sera là dans trois jours !

– Waouuuuu !

Zoe, qui n'a aucun problème pour afficher sa

joie, se met à sauter comme un cabri, semant au passage une multitude de gouttes d'eau sur l'armoire vitrée et écrasant (évidemment) la queue de Toulouse.

Jetant un rapide coup d'œil au message de maman, ma sœur, à qui une seule lecture a suffi, se précipite dans la cuisine.

– Buniiiiiii, Buniiiiiiiii, maman rentre chez nous vendredi ! Maman rentre à la maison ! Maman rentre à la maison ! Maman rentre à la maison !

Je rejoins la « petite reine » assise sur les genoux de son grand-père et déjà en train de préparer le programme de vacances de maman. Bunica, qui depuis quelques jours (onze, je crois) me semblait encore plus silencieuse que d'habitude, me dit de ses yeux gris que tout va bien se passer maintenant. Je repense à son billet trouvé avant-hier dans ma trousse : « Parfois dire les choses est utile, même si on doit le faire en criant. »

– On va aller à la patinoire de la Promenada, après on ira manger au McDo de la place

Romana, à notre place préférée ! Et puis, on ira à la piscine Florească, maman ne m'a encore jamais vue nager le crawl. Ily, on pourrait aussi aller au marché aux fleurs ? Tu disais qu'il était très beau…

Le mot « fleurs » me fait aussitôt penser à Florin.

Vais-je le présenter à maman ? On pourrait l'inviter à déjeuner dimanche midi… Elle ne verrait peut-être pas qu'il est rom, après tout, même moi, jusqu'au fameux jour des iris bleus, je ne le savais pas…

Mais Ilinca, qu'est-ce que tu racontes ! me dis-je aussitôt. *Quand bien même maman comprendrait qu'il est rom… Pourquoi le cacher ? C'est ton ami, qu'il soit rom, ukrainien, africain ou allemand ne compte pas.*

Mais Ilinca, ça, c'est dans les livres ! On sait très bien, comme dit Bunicu, que dans la vie « c'est pas tout beau, tout rose ».

Je ne sais pas quelle Ilinca je dois suivre. Si une troisième Ilinca pouvait faire son apparition, ça m'arrangerait.

12
Au carrefour des anges

C'est Florin qui arrive à la place de la troisième Ilinca.

Nous sommes encore dans la cuisine à parler du retour de maman quand la sonnette retentit. Zoe se précipite pour aller ouvrir. Deux minutes plus tard, elle est de retour, l'air-moi-j'ai-un-scoop.

– Buni, y a un Rom à la porte. Il dit qu'il veut voir Ilinca.

Je comprends immédiatement que le Rom en question est Florin, et que la capacité de ma sœur à distinguer les gens et leurs origines est beaucoup plus affûtée que la mienne.

– Zoe, dis pas ça ! Ça doit être Florin.

– Florin, ton camarade de classe avec qui tu travailles sur le blog photo poétique ? enchaîne mon grand-père.

Je bredouille un vague oui tout en me dirigeant vers l'entrée pour accueillir mon ami. Florin et moi sommes convenus de nous retrouver cet après-midi devant la « maison » des fleurs. On devait juste s'appeler un peu avant, pour nous accorder sur l'heure, car il a promis d'aider sa mère au magasin et ne sait pas à quelle heure il terminera. Je ne vois donc pas pourquoi il est venu chez moi, qui plus est juste au moment où je réfléchissais à la manière de le présenter à ma famille. Apparemment, Zoe s'en est chargée à ma place.

– Salut, me dit Florin, encore sur le pas de la porte. Excuse-moi de débarquer comme ça. C'est que je n'ai plus de portable et je ne savais pas comment te contacter... Je vous dérange ?

– Non, non. Rentre, voyons...

Après l'avoir débarrassé de son équipement grand froid dépareillé (bonnet blanc, écharpe orange, manteau vert, sans oublier la paire de gants violet et noir), je le conduis à la cuisine. Mes grands-parents sont toujours à table. Bunicu a la tête plongée dans une grille de mots croisés curieusement tournée à l'envers, Bunica tient une aiguille à la main, mais je ne vois aucun tricot à proximité, et Zoe, qui n'a pas encore atteint l'âge de la maturité pour cacher sa grande curiosité, nous dévisage sans retenue.

– Voici Florin, le copain dont je vous ai parlé.

– Floriiiin, mais bien sûr ! Depuis le temps qu'Ilinca nous parle de toi, s'exclame mon grand-père d'un ton exagérément enthousiaste. Tu veux un verre de Coca, mon garçon ?

– Ah oui, je veux bien, monsieur. Merci.

Bunica se lève aussitôt pour aller au réfrigérateur. Si Bunicu se fait la voix de Bunica, cette dernière est la main de son époux.

J'explique à ma famille que Florin n'a plus de téléphone et qu'il ne savait pas comment me contacter.

Ma sœur y voit un sujet de conversation tout trouvé.

– Alina aussi, elle m'a dit que son grand frère s'est fait voler son portable dans le bus. Un iPhone en plus. Alors il est allé à la police... Et là-bas, ils ont réussi à le géolocaliser et ils l'ont retrouvé à Ferentari, là où il y a plein de Roms.

Silence.

Très long silence.

Un ange passe.

– Ah non, c'est pas un vol ! Moi, je l'avais laissé dans une poche de mon jean et ma mère l'a mis dans la machine à laver. Et forcément, maintenant, il marche plus...

Le ton calme et détaché de Florin détend l'atmosphère.

Un ange repasse.

On entend Quimper et Lorient tapisser les murs de la salle de bains avec les graviers de leur litière.

Bunicu lance un regard insistant à Bunica et au verre qu'elle tient toujours à la main. Elle finit par le tendre à Florin.

– Alors dites-nous ce que vous avez prévu de faire de beau ? demande mon grand-père.

– On veut faire des photos dans le quartier arménien. On est déjà allés dans le vieux centre et derrière la Maison du peuple. Mais il nous reste encore la gare routière de Filaret et le Foyer lumineux. Et après, il nous faudra choisir les photos et écrire les textes. Ensuite, il y aura la mise en page à faire… Mais on pourra aussi continuer ce week-end ! répond Florin, visiblement très à l'aise.

Zoe y voit là l'occasion de prendre la parole.

– Ce week-end, y a maman qui rentre à la maison !

Un ange s'apprête à passer de nouveau, mais je décide de lui couper le chemin.

– Oui, maman vient de nous annoncer qu'elle a posé quelques jours de congé et qu'elle sera là vendredi.

– Oh, mais c'est génial ! Je suis super content pour vous. Je sais comme cela peut sembler long… Les parents de mon cousin Călin* s'absentent eux aussi plusieurs mois par an pour aller ramasser des fraises en Espagne et, à chacun de leur retour, on fait toujours une fête. La dernière fois, ça a duré trois jours et les voisins ont appelé la police. On chantait, on dansait et on ne s'était pas rendu compte du bruit. Et au lieu de nous demander de nous taire, les voisins ont appelé le 112.

Le récit de Florin suscite un gloussement chez Zoe (elle doit sûrement repenser à sa poésie), un air atterré chez ma grand-mère et une idée de génie chez mon grand-père.

– Tiens, ça me rappelle une bonne blague. Qu'est-ce qu'un policier sur un tracteur ?

– Oh, Buni, arrête avec tes blagues ! On a un invité…

– Mais non, Ilinca, laisse. J'adore les blagues, me coupe gentiment Florin.

– Alors ? relance Bunicu d'un air mystérieux.

– Un poulet fermier ? répond Florin.

Mon grand-père n'en revient pas. Peu de personnes parviennent à résoudre ses devinettes.

– Ça alors ! Tu la connaissais ?

– Oui, j'ai un frère très amateur de devinettes. Quand on allait à l'école, le soir en se couchant, le matin, au petit déjeuner, il n'arrêtait jamais d'en dire. Donc je suis assez bon… D'ailleurs j'en ai une : quelle est la différence entre un commissariat de police et de la lessive ?

Bunicu se creuse la tête, Bunica, résignée, s'adosse à la porte du frigo, Zoe glousse de nouveau.

– Dans la lessive, il y a des agents actifs ! s'exclame Florin.

Mon grand-père éclate de rire, suivi de ma petite sœur.

Je sens moi aussi naître un sourire au coin de mes lèvres.

13
En chantant…

Il est 22 h 30. Nous attendons l'arrivée du car qui nous ramènera maman. Les décorations de Noël accrochées aux vitrines des magasins alentour illuminent par intermittence les visages de Zoe, de mes grands-parents et de tous ceux qui attendent comme moi le retour d'un parent. Leurs yeux déjà brillants, presque fiévreux sont des repères auxquels je m'accroche, la preuve que nous partageons une même réalité. Certains viennent chercher un frère ou une sœur, d'autres, un père ou une mère. Dans quelques minutes, ils serreront leurs proches, les embrasseront, rentreront à la maison, recevront leurs présents, puis les ramèneront à la gare et de nouveau attendront, avec pour seul compagnon le mot « dor » retrouvé. Ces trois lettres qu'un court instant ils ont cru définitivement oubliées.

La nuit dernière, je n'ai presque pas dormi. Je n'arrêtais pas de me représenter la scène de l'arrivée de maman, imaginant aussi l'impossible, qu'elle serait accompagnée de papa, tous deux décidés à rentrer pour de bon. J'ai beau savoir que ce n'est qu'un retour de trois jours, je ne peux m'empêcher d'espérer un miracle.

Les jours qui ont précédé ont été étranges. La nouvelle du retour de maman a débloqué d'autres choses. Florin fait désormais partie de ma vie, balayant d'un revers de main toutes mes certitudes. Je voudrais avoir sa capacité à se laisser porter par les événements sans se poser de questions, cette confiance en la vie et en ce qui vient.

– Ce qui vient est bien, dit-il souvent.

Nous avons préparé le retour de maman. Zoe a joyeusement fait le ménage avec Bunica. Grand-père et moi, nous nous sommes chargés des courses au supermarché. Puis, ce matin, nous avons tous ensemble installé dans le salon le matelas pour les Buni qui dormiront avec nous. Maman récupérera notre chambre… et aura le privilège de partager son lit avec les huit chats désormais habitués à passer la nuit enfouis sous la couette en plumes…

Je n'ai pas eu beaucoup de temps à consacrer à Florin. Nous sommes juste allés dans le quartier arménien. J'ai photographié de nombreuses rues et maisons composant le miroir à double face de la capitale. Alors que leur aspect n'évoque rien, à moins de susciter du dégoût ou de la crainte, un détail vous fait vous approcher : une cour à l'arrière, un balcon en fer forgé, des corniches mêlant poutres et pierres, une petite fenêtre au milieu d'une façade couverte de lierre… Tout comme je photographie le banc du parc Ioanid, j'ai saisi ces bâtisses et ces lieux disparates pour réveiller les mémoires.

Ce soir, tandis que je guette l'arrivée de maman, je me dis que, derrière ces visages qui attendent avec nous, se cachent aussi des beautés et des passés insoupçonnés.

Le car Eurolines se gare le long du trottoir. Maman est déjà debout dans l'allée et nous fait un signe de la main. Zoe se précipite au-devant du véhicule.

Je voudrais que le temps s'arrête pour ne jamais arriver au moment où ici même, dans peu de jours, nos chemins se sépareront de nouveau.

*
* *

Sur le chemin de la maison, ma sœur bombarde de questions notre mère assise entre nous deux, à l'arrière.

– Mais, Zoe, tu ne veux pas laisser maman un peu tranquille ? T'es de la police ou quoi ?

– Laisse, Ilinca. Si tous les policiers étaient comme Zoe, j'appellerais plus souvent le 112, répond maman en riant.

– À propos, tu sais, Florin, le copain d'Ily,

il nous a raconté qu'un jour la police est venue chez lui...

– Oh, Zoe ! Tu ne veux pas la fermer un peu ? T'es pénible à la fin !

Ma voix est montée très haut malgré moi, mais pratiquement en même temps Joe Dassin et ses petits pains au chocolat envahissent l'habitacle. Buni augmente le volume de la radio dès les premières notes de la chanson, l'une des préférées de notre mère. À croire qu'il a téléphoné à Bucarest FM pour prier la présentatrice de diffuser ce morceau juste au moment où maman rentrerait de France.

Tous les matins il achetait
Son p'tit pain au chocolat (aïe, aïe, aïe, aïe)
La boulangère lui souriait
Il ne la regardait pas (aïe, aïe, aïe, aïe).

Et maintenant... maman sourit et chante avec Zoe qui fait « aïe, aïe, aïe, aïe », puis avec Bunicu qui fait « aïe, aïe, aïe, aïe » et même avec moi qui fais « aïe, aïe, aïe, aïe ».

Je chante sans plus pouvoir m'arrêter, les yeux rivés aux visages rayonnants et confiants de ma famille, et la main serrée sur le message de Bunica, que j'ai trouvé dans la poche intérieure de mon blouson : « Profite ! »

Nous traversons tout Bucarest ainsi : la radio à fond, avec Joe et nous qui crions en chœur et en riant « aïe, aïe, aïe, aïe ». Une fois à la maison, nous continuons à discuter dans une atmosphère joyeuse et légère, laissant les sujets tendus pour les lendemains. Maman s'éclipse un moment pour parler à papa sur Skype et le prévenir qu'elle est bien arrivée. Je lui dis aussi quelques mots et lui souhaite bonne nuit comme je le ferais s'il était là, avec nous… Comme je le faisais avant, après m'être lavé les dents, glissant une tête dans le salon où ils dormaient.

Maman refuse de dormir dans la chambre, c'est-à-dire dans notre ancienne chambre, exigeant que nous la récupérions au moins quelques jours. Elle dormira avec ses parents dans le salon, comme quand elle était petite… Bunicu tique un peu, mais finalement se résigne.

Alors que ma Zoe est déjà plongée dans les bras de Morphée, je retrouve mes repères : mes livres sur l'étagère près de la fenêtre – *Le Petit Prince* sur ma table de chevet –, les posters de huskies et de chatons de Zoe, la lampe cassée sur notre bureau en chêne, les photos accrochées au-dessus de mon lit. Dans la pénombre de ma chambre, je me laisse aspirer par leurs reflets. On y voit notre famille à Noël et au bord de la mer Noire. Je me rappelle très bien cet été à Baltchik*. Nous y avions passé une semaine. Des vacances toutes simples : des parents avec leurs enfants séjournant quelque temps sur la côte bulgare, se baignant dans la mer, visitant le château et les jardins de la reine Maria, dormant dans une petite pension louée par une femme ne parlant ni roumain, ni anglais, ni français, mais russe et bulgare (ce qui avait limité un peu nos échanges), mangeant des moules et des anchois grillés (puis dorlotant Zoe qui avait tout vomi), prenant ses repas sur la plage (et courant après les sachets de ses sandwichs qui s'amusaient avec le vent), s'offrant une ou deux glaces en fin de séjour (quand le bilan financier du séjour l'eut permis)… Il n'y avait rien d'exceptionnel, et pourtant j'ai le sentiment de ne pas en avoir profité assez.

J'ouvre *Le Petit Prince* et lis quelques lignes avant de sombrer dans le sommeil.

L'essentiel dans les yeux.

14
Mots fléchés

Le soleil qui perce à travers les rideaux de la chambre me réveille doucement. Je fixe le filet de lumière qui dessine un trait fin sur le parquet. De la cuisine je perçois la voix enjouée de Zoe. Je me relève brusquement dans le lit. Quelle heure peut-il bien être ? Moi qui me lève habituellement avant tout le monde, je découvre sur l'écran du radio-réveil qu'il est déjà 10 heures.

Après avoir enfilé mes chaussons et poussé Marseille qui s'était couchée dessus, je me dirige vers la cuisine. Maman fait la vaisselle en fredonnant *L'Été indien*, et Zoe a le nez plongé dans son bol de chocolat. Je me dis que, pendant la nuit, des anges nous ont peut-être renvoyés au temps des photos accrochées au-dessus de mon lit. Je cherche des yeux papa qui, s'il s'avérait que le temps avait réellement fait marche arrière, devrait être assis à la table de la cuisine, en train de lire le journal et de pester contre les dernières trouvailles du gouvernement. Mais il n'y est pas.

– Bonjour, ma chérie. Tu as bien dormi ? J'espère que nous ne t'avons pas réveillée !

Je réponds que non et que j'ai bien dormi. Je verse du lait dans mon bol après l'avoir arrosé de deux grosses cuillerées de chocolat en poudre. Je me sens étrange, ne sachant si je suis dans le présent ou le passé.

– Comment ça se passe à l'école ? Tes résultats nous semblent très bons, à papa et à moi…

Je dis à maman qu'en effet je me débrouille assez bien en roumain et en langues. Zoe vient spontanément apporter de l'eau à mon moulin.

– Oui, et Ily participe au grand concours Mihai Eminescu avec Florin. Je suis sûre qu'ils vont gagner !

Alors que maman me demande de quoi il s'agit exactement, je repense au premier poème que Florin a écrit à partir de l'une de mes photos. Un haiku inspiré de la maison que j'avais photographiée dans une petite rue derrière le Palais du Parlement. Me faufilant par le portail en fer légèrement entrouvert, j'avais découvert un jardin en fleur oublié. Une nature dont plus personne ne s'occupait, mais qui, malgré tout, grandissait et résistait aux saisons. Assise sur la balançoire en bois accrochée à un vieux châtaignier, j'avais observé la bâtisse abandonnée. Les yeux fixés sur ses fenêtres poussiéreuses laissant à peine filtrer le jour, j'avais pensé à ses locataires passés, contraints à partir. Leur maison leur manquait-elle ? Mais l'inverse était aussi possible. Après tout, une maison, même de pierre, pouvait certainement ressentir des choses comme l'amour, la joie, la perte, le manque…

Quoi qu'il en soit, celle-ci était une rescapée. À Bucarest, dix mille maisons avaient été détruites sur ordre du dictateur Ceaușescu afin de faire place à la Maison du peuple et au grand boulevard de la Victoire. En 1982, l'un des plus beaux quartiers de la ville, Uranus, avait été rasé de la surface de la terre pour la même raison. La Maison du peuple ou Palais du Parlement a beau figurer dans le *Livre Guinness des records* en tant que deuxième plus grand bâtiment du monde après le Pentagone, ici elle représente la folie d'un homme et de sa femme au pouvoir pendant plus de vingt ans.

Belle et éternelle
Cachée derrière la Lena si laide et vilaine
Du vilain Nicu !

Florin m'a envoyé ces trois vers hier, avant que nous partions chercher maman à la station de car. Je les ai lus à Bunicu qui m'a dit qu'ils étaient très bien, mais qu'il n'était pas sûr que les membres du jury aient la même sensibilité. L'allusion négative à la femme du dictateur Nicolae Ceaușescu pouvait être malvenue. Plus de la moitié des Roumains regrettent encore le régime communiste, malgré tout ce qu'il avait engendré : la rationalisation des produits alimentaires (les queues interminables devant les épiceries pour un simple kilo d'oranges), le froid et l'obscurité dans les maisons (le pays devait faire des économies sur l'électricité), la télévision limitée à deux heures par jour et à une seule chaîne, l'interdiction de partir à l'étranger, sans parler de la peur constante et de l'absence totale de liberté d'expression. Pourtant certaines personnes disent encore que Ceaușescu a fait du bien à la Roumanie… Et si ces personnes se trouvaient dans le jury du concours, le petit poème de Florin pourrait nous éliminer d'emblée.

– Et quelle est la prochaine étape de votre projet ? me demande ma mère.

Je parle à maman des zones de Bucarest que nous devons encore explorer et photographier, puis des textes à écrire.

– Ça irait plus vite si vous y alliez en voiture. Demain, je vous emmènerai dans le quartier Filaret.

– Moi aussi, je peux venir ? demande aussitôt Zoe, la bouche remplie de la brioche normande rapportée par maman.

– On verra, dit maman alors que je m'apprêtais déjà à la contrecarrer. Va donc prendre ta douche. Allez, oust ! Sinon je remporte les surprises que papa et moi nous vous avons achetées.

Zoe fonce aussitôt à la salle de bains. Je sens que ma mère a quelque chose à me dire, mais ne sait pas par où commencer. Je décide de prendre les devants.

– Maman, quand est-ce que vous rentrez à la maison ?

– Ilinca, je suis là, tu vois bien, répond ma mère, qui fait mine de ne pas comprendre. Et papa aussi reviendra bientôt...

– Non, maman, tu sais très bien ce que je veux dire. Quand est-ce que vous rentrez définitivement ?

– Je l'ignore, ma chérie. Tu sais, il est encore tôt... Adrian... ton père voudrait mettre de l'argent de côté pour qu'on puisse emménager dans un appartement plus grand, peut-être même acheter.

– Mais, maman, combien de temps ça va

durer ? On sera majeures et mariées quand vous aurez accumulé assez d'argent pour pouvoir acheter !

Maman repousse ses cheveux derrière l'oreille, sans rien dire.

– Je m'en fiche de vivre dans un petit appartement. Moi, ce que je veux, c'est vivre avec mes parents, pour de vrai et tout le temps.

– Je sais, ma chérie, mais tu as bien vu comme il est dur pour nous de joindre les deux bouts. Nos deux crédits, les soins de ta grand-mère, les factures, les impôts, la voiture, vos études... On n'y arrive pas, ici... Et nous ne sommes pas la seule famille dans cette situation.

– Mais moi, je ne suis pas d'accord ! Si tout le monde se mettait à penser comme vous, il n'y aurait bientôt plus personne en Roumanie !

Je pense à la famille de Florin. Quand son père est mort, sa mère s'est retrouvée toute seule avec quatre enfants sur les bras. Et elle n'est pas partie. Elle s'est débrouillée ici, en Roumanie, pour vivre et faire vivre sa famille. Alors pourquoi pas nous ?

– Chut, Ilinca, ta sœur pourrait t'entendre. Et pense aussi à tes grands-parents, à tout ce qu'ils font pour vous… et à la chance que vous avez de les avoir…

– La chance ? Tu penses vraiment qu'on a de la chance d'être abandonnées par nos parents ? Tu penses vraiment qu'on a de la chance de grandir avec une grand-mère sourde, un grand-père qui radote et huit chats de gouttière ? Tu le penses vraiment ? C'est cette éducation-là que vous rêviez d'offrir à vos enfants ?

PAF !

La dernière gifle de maman remonte à un an, quand Zoe et moi avions piqué une crise de nerfs devant la télé car les parents refusaient de nous laisser regarder *Dirty Dancing* qu'ils jugeaient choquant pour des enfants de six et dix ans… L'intensité de la gifle d'alors me paraît ridicule, comparée à celle de maintenant. Et je ne parle pas de sa force physique…

La joue brûlante, je me lève de table et quitte la cuisine. En passant devant le salon, je vois Bunica assise sur le canapé, les poings serrés sur ses genoux. Bunicu se tient debout face à la fenêtre, les mains croisées dans le dos. Non seulement mon grand-père a tout entendu, mais je suis presque certaine que mes mots ont percé le monde de silence dans lequel vit ma grand-mère.

Je me précipite dans ma chambre, des larmes plein les yeux. J'arrache les deux photos au-dessus de mon lit et les serre contre mon cœur. Je crois comprendre désormais pourquoi nous photographions les choses ou les gens. C'est la seule manière de garder la preuve des bonheurs passés.

15
Un matin brumeux peut donner un jour serein

La sonnerie stridente de mon portable me tire de la torpeur dans laquelle je me trouve depuis plus d'une heure. Je n'ai pas répondu quand maman est venue frapper deux petits coups pour « fumer le calumet de la paix ». Je n'ai pas répondu quand Zoe est venue gratter à la même porte pour me proposer de regarder la rediffusion des *Roumains ont du talent*. Je n'ai pas répondu quand Bunicu est venu taper deux grands coups en s'exclamant :

– Ohé, moussaillonne ! Arrête de faire ta grognonne !

Je n'ai pas répondu non plus quand Bunica est venue toquer trois petits coups avec son aiguille à tricoter.

Je lis le texto de Florin.

Salut. Tu fais quoi ?

Bonne question ! Je me fâche avec ma mère alors qu'elle vient de rentrer et sera repartie dans deux jours, et, par la même occasion, je fais du mal à toute ma famille, chats compris.

Ça va ?

Super bien. Je n'ai jamais été aussi bien de toute ma vie, encore plus heureuse de vivre que Zoe.

Je m'extirpe du lit et sors de ma chambre. L'appartement est vide. Sur la table de la cuisine, je trouve un mot de maman : « On est partis se promener, appelle si tu veux nous rejoindre. »

De retour dans ma chambre, je réponds à Florin.

RV ds 45 min.
Pizza Hut Université ?

Et ta mère ?
Tu restes pas avec elle ?

Non. Alors on se voit,
oui ou non ?

OK.
On se voit là-bas.

À la pensée que je vais retrouver Florin, je me sens déjà un peu mieux. Alors que ma famille est enfin presque au complet, j'éprouve le besoin paradoxal de m'éloigner d'elle, d'être avec quelqu'un d'autre. Quelqu'un comme Florin.

Mon ami est assis à la fenêtre du restaurant, celle qui donne sur le boulevard Carol-Ier. J'ai dix minutes de retard, car je me suis arrêtée deux fois sur le chemin pour faire des photos : un vélo accroché à un balcon en fer forgé et un couple de pigeons perchés sur un fil électrique. Puis je me suis attardée devant l'étalage de livres, disques d'occasion et autres babioles installé derrière l'université. *L'Éducation sentimen-*

tale de Gustave Flaubert y côtoyait deux 33-tours de Duke Ellington et de Nana Mouskouri. Il n'y avait aucun vendeur à proximité, mais un magnifique chat noir dormait sagement sur une ancienne édition des *Trois mousquetaires* d'Alexandre Dumas, à côté d'un miroir fêlé, d'une vieille montre russe Pobeda, de lames de rasoir et d'un grille-pain, le tout vendu quatre lei*. J'ai pris quelques clichés, puis me suis vite éloignée. « Il ne faut jamais réveiller le chat qui dort », dirait mon grand-père…

Florin me regarde longuement. Je crois que j'ai l'air d'une folle avec mes yeux tout rouges d'avoir trop pleuré, mes joues écarlates d'avoir traversé la place Universitate en courant et mes cheveux en pétard résultant des deux activités précédentes. Pourtant il ne fait aucun commentaire. Il se contente de me regarder.

Un serveur s'approche de notre table. Je commande la même chose que Florin, une limonade avec de la menthe et du miel. Je m'excuse de mon retard et lui explique que je me suis disputée ce matin avec ma mère.

– Je te comprends, dit-il. Vous avez peu de temps devant vous et tu voudrais faire savoir à ta mère tout ce que tu ressens depuis leur départ. Mais ce n'est peut-être pas le bon moment, c'est peut-être trop tôt…

– Trop tôt ? Ça fait quatre mois que Zoe et moi on est sans parents !

– Je sais, mais, par rapport aux autres cueilleurs de fraises, c'est peu…

– Mais je ne veux pas qu'on devienne comme toutes ces familles où les parents restent seulement trois mois par an avec leurs enfants.

– Tes parents non plus. S'ils sont en France, ce n'est pas parce qu'ils ne t'aiment pas, au contraire… Laisse-leur un peu de temps. Je suis sûr qu'à un moment ils vont comprendre que leur place n'est pas en France.

– Oui, peut-être…

– En attendant, je pense que tu devrais profiter à cent dix pour cent de la présence de ta mère.

La sagesse et le bon sens de Florin me font garder le silence. Et autre chose aussi : sa capacité à aspirer mes colères. Je décide d'appeler ma mère pour savoir où je peux les rejoindre. Elle décroche aussitôt et me demande si je vais bien. J'apprends qu'ils sont déjà sur le chemin du retour. Bunica étant fatiguée, ils ont dû écourter leur balade et renoncer à la patinoire. Je dis à maman que je ne suis pas à la maison mais dans le centre… avec Florin. Je ne peux pas lui mentir, car elle découvrira dans quelques minutes que je ne suis pas dans ma chambre.

– Florin ? fait maman, qui a déjà oublié le nom de mon camarade de projet.

J'entends mon grand-père lui dire quelque chose que je ne comprends pas, puis Zoe dont les mots, eux, me parviennent très clairement.

– Oui, Florin, le copain rom d'Ily !

Florin aussi a entendu. D'ailleurs, tout le restaurant a entendu. Il ne manque plus que mon père, mais cela ne saurait tarder, car je suis sûre que, très bientôt, tout Yvetot sera au courant que la fille du médecin remplaçant (« le Roumain, vous savez bien ! ») a un copain rom.

– Je vous retrouve à la maison, dis-je à maman en raccrochant rapidement.

Florin me regarde toujours.

– Je suis désolée. C'est Zoe, c'est pas méchant, elle est encore petite… On a rien contre les Roms, tu sais.

– T'en fais pas, Ilinca. Ça ne me dérange pas… Ce qui me dérange, ce sont les regards, les gens qui changent de place quand je monte dans le bus, les employeurs qui ne veulent pas de Roms, ceux qui proposent à ma sœur après dix années de droit une place de femme de ménage dans le cabinet d'avocats où elle avait postulé après son stage de fin d'études, les gens qui taguent : « Sale Tzigane » sur le kiosque à fleurs de ma mère, le président roumain utilisant les mêmes termes pour s'adresser à une journaliste de télévision et accusant quatre ans plus tard les Roms de voler…

La gorge nouée, j'écoute mon ami en cherchant dans ses yeux lumineux les mots qui me manquent.

– Donc tu vois, les remarques de ta petite sœur, en comparaison, c'est pain bénit ! finit-il par dire en rigolant.

J'aime le ton sérieux et tendu sur lequel Florin parle, avant de conclure dans un registre gai et léger, annulant ainsi tout le poids de ses propos précédents.

Je lui raconte la réaction de mes parents, de papa surtout, vis-à-vis de nos voisins roms. Je lui parle de la petite Anita que mon père avait interdit à Zoe de fréquenter à cause de ses origines roms et de ses parents qui vivaient dans l'opulence. Par contre, je me garde bien de lui dire comment mon père appelait la famille d'Anita.

– Mais ton père a peut-être raison, comme partout ailleurs il y a des Roms qui en profitent, qui volent, qui agressent... Tout comme il y a des Roumains ou des Français qui agissent de la même façon dans leurs pays. Sauf que, chez nous, ceux qui font ça le font partout. Un jour ici, un jour là-bas, car on est des nomades. Des oiseaux de passage, comme dit mon frère. Ton père n'a sans doute jamais fréquenté de Roms intégrés et il se fonde seulement sur les cas les plus extrêmes.

Je ne réponds rien, mais je pense que nos

voisins sont au contraire des gens complètement intégrés.

Beaucoup mieux intégrés que nous, et c'est justement cela qui énerve mon père.

Je décide de proposer à Florin de m'accompagner à la maison, pour qu'il fasse la connaissance de ma mère et vice versa.

– T'es sûre ? me demande Florin. Je ne voudrais pas gâcher votre première journée de retrouvailles.

– Ah non, aucun risque ! Vu comment elle a commencé, elle ne peut que s'améliorer.

– Un matin brumeux peut donner un jour serein…

– C'est de toi ?

– Qu'importe, que ce soit de moi, du pape ou de mon chien… Je pense que les mots proviennent des situations, des gens qu'on a en face de soi.

Le jour serein vient donc de toi…

16
Tableau de famille

À notre arrivée, nous trouvons maman en pleine distribution des cadeaux, car Zoe n'en pouvait plus d'attendre. Bunica est installée sur le canapé, son tricot posé sur le dos de Quimper, lui-même couché sur ses genoux.

C'est moi qui ai eu le plaisir de recevoir la dernière création de ma grand-mère : une paire de chaussettes en laine de mouton qui gratte. Je les ai portées un seul jour. En classe, je n'arrêtais pas de frotter mes pieds l'un contre l'autre afin de faire cesser les démangeaisons. Tandis que notre professeur de roumain était en train de nous faire faire une dictée extraite de *La Vie comme une proie*, de Marin Preda*, Florin m'avait tendu sa règle d'un air très sérieux. J'avais éclaté de rire.

Florin offre à maman le bouquet de fleurs qu'il a soigneusement choisi chez sa mère. Des jonquilles, sur les recommandations de Tanti Flori. « Elles signifient estime et amitié déclarée », nous a-t-elle dit. J'espérais que cela serait valable dans les deux sens…

– Comme elles sont belles ! Merci beaucoup, Florin, mais il ne fallait pas ! s'exclame ma mère.

Ma sœur, un casque sur les oreilles, déboule dans le salon comme un tourbillon, en chantant à tue-tête.

Oh, ma douce souffrance !
Pourquoi s'acharner ? Tu recommences
Je ne suis qu'un être sans importance.

J'en déduis rapidement que maman a rapporté un lecteur MP3 à ma petite sœur, accompagné de l'intégrale d'Indila.

– Mais pourquoi tu lui as acheté un MP3 ?

Ici aussi, on en trouve, et Indila passe sur toutes les radios, fais-je remarquer à ma mère.

La Roumanie est passée depuis longtemps aux nouvelles technologies, même si, à l'étranger, la plupart des gens pensent que nous nous éclairons encore à la bougie et roulons toujours en charrette, ai-je envie d'ajouter. Et Indila n'est pas normande que je sache.

– Indila est peut-être normande, dit alors Florin.

Je n'en crois pas mes oreilles. Je me demande si Florin ne serait pas ma voix, comme Bunicu avec Bunica. La remarque de mon ami fait rire maman alors qu'elle se serait vexée si la formule était venue de moi.

Après s'être éclipsée dans l'entrée, elle revient avec un paquet cadeau de forme carrée, qu'elle me tend, les yeux brillants.

– Tiens, ma chérie, de la part de ton père et de moi. J'espère que tu l'utiliseras avec plaisir.

Je déchire le papier doré et découvre un Canon EOS 650D, un appareil photo numérique reflex. Un modèle qui coûte très cher…

– Maintenant tu pourras faire de plus belles photos encore, me dit ma mère en souriant.

Je le tourne dans tous les sens, essayant de comprendre l'utilité de chacun de ses petits boutons. Je m'arrête sur l'option « portrait de famille ». Sur la boîte, je lis que c'est l'un des points forts de cet appareil haut de gamme. De mon côté, je devrai me contenter des modes paysage et nature morte. Je sens ma boule de tristesse remonter dans la gorge. J'essaie de l'évacuer et remercie rapidement maman d'une voix étouffée.

Mon grand-père reçoit une bouteille de calva et le livre des *Dictons et expressions populaires de Normandie* tandis que ma grand-mère se voit remettre un parapluie où il est écrit : « La Normandie, si, si ! » Je ne crois pas qu'elle l'utilisera beaucoup, la Roumanie n'étant pas la Normandie où « il pleut deux fois par semaine : une fois trois jours et une fois… quatre jours » selon le livre de Bunicu.

Maman et papa ont-ils oublié à quoi ressemble le ciel de Bucarest ? Un ciel azuré sans aspérité, avec pour seul habitant un soleil très haut qui vous réchauffe de loin, juste quand vous en avez besoin.

Tes saisons, Bucarest, sont une vraie provocation pour mes sens. L'été, quand je rentre de l'école, mon nez hume le parfum des tilleuls qui, dès le printemps, remplit les allées de tes jardins et me fait t'aimer davantage. À la même époque, tes tilleuls partagent leur territoire avec les mici, qui investissent massivement les cours et les terrasses, offrant en plus de leur odeur incomparable une épaisse fumée se mêlant à la couleur rose et bleue que prend ton ciel, les soirs d'été. Quand je sors et que tu me prends dans tes bras, quand tu souffles ton air chaud ou froid sur mes joues, ma peau se colore, vivante et réagissant au souffle de ta bouche. Je me love dans ta brise, m'enroule à tes fils électriques et tourne dans ton grand manège. À chaque tour, je gagne un ticket pour le suivant et j'avance ainsi dans le grand tourbillon de la ville. Au passage, j'écope parfois de quelques écorchures ou bleus, mais rien de grave, je cicatrise* *vite, et les marques que tu laisses sur ma peau me rappellent que j'existe. Parfois, le soir, quand il n'y a, je crois, personne d'autre que moi, je m'assieds par terre dans le parc du cirque, à quelques pas des nénuphars, je glisse mes doigts dans tes brins d'herbe et je te sens sous mes doigts. J'entends même ton sang bouillonner et ton cœur palpiter…*

– Ilinca ?

– Oui… quoi ?

Florin me regarde d'un air insistant et légèrement inquiet.

– Ça te dit ?

Perdue, je lui demande de quoi il parle.

– Ta mère propose qu'on aille à la patinoire, tous ensemble. Ça te dit ? Et ta grand-mère se sent mieux…

Ma mère et Bunica me sourient d'un air encourageant. Leurs sourires me renvoient au dernier mot de ma grand-mère. Je l'ai trouvé dans l'un de mes gants, alors que je sortais du restaurant avec Florin : « Ne plus pleurer. » Je me dis que ce n'est pas un hasard si j'ai cherché mes gants après avoir parlé à Florin. La phrase de Bunica étant la plus belle conclusion aux propos de mon ami. Si je l'avais lue avant, seule, je ne l'aurais pas comprise.

– Allez, Ilinca ! Dis oui, ça fait trop longteeeeeemps !

Ma sœur a raison, ça fait trop longtemps. La dernière patinoire en famille, c'était il y a un an, le jour de la fête nationale. Je me rappelle qu'après le défilé militaire papa avait décidé de nous emmener patiner. Ce genre de sorties était exceptionnel, plus cher qu'une balade au *mall* ou au parc.

Les temps ont changé. Il y a un an, nous y sommes allés, le cœur léger et les poches trouées. Aujourd'hui, nous avons les poches remplies, mais les cœurs alourdis.

17
Quand les oiseaux passent

Serrés tous les six dans la voiture de Bunicu, nous nous dirigeons vers la patinoire. Nous avons mis un quart d'heure à nous mettre d'accord : Zoe et Bunicu voulaient aller à celle de Cismigiu, Florin et moi à Herăstrău, maman à celle de la Promenada, Bunica n'avait rien dit, mais mon grand-père prétendait comprendre mieux que quiconque le langage silencieux de sa femme qui, selon lui, préférait celle de Cismigiu. Ce serait donc Cismigiu.

Papa aurait été là, il aurait lui aussi choisi cette patinoire.

Au guichet, maman paie les entrées et la

location des patins pour tout le monde, les Buni compris. Je suis la première à m'élancer sur la surface d'eau gelée. J'aime cette sensation de glissement incontrôlable, ces corps mouvants se frôlant au son apaisant des patins et de la voix de Florin qui me suit. Ce sentiment que tout peut basculer, l'impression d'être dans un entre-deux, debout mais à un pas de la chute. Je me retourne et regarde ma famille, déjà loin. Ma mère a pris ma sœur par la main, et mes grands-parents s'aident mutuellement, tout en se tenant prudemment au bord de la patinoire. De petites silhouettes sombres sur une immensité blanche, ainsi se résume aujourd'hui ma famille.

Je tourne, glisse, vire et volte durant une bonne heure, en parvenant même à fatiguer Florin qui est parti rejoindre ma famille. Il tient Zoe par la main et l'emmène au milieu de la piste avec douceur, comme le ferait un grand frère. Elle réussit à glisser quelques mètres avant de tomber sur les fesses, puis de se relever aussitôt en riant, comme si les chutes ne lui faisaient rien. Les grands-parents continuent leur petit tour de piste le long de la rambarde, trottant au lieu de patiner. Maman n'a pas bougé et reste ce même petit point noir, lointain et immobile, dans l'infini blanc. Un repère auquel je m'accroche pour garder l'équilibre.

Ensuite, Zoe et Florin rejoignent ma mère, suivis des Buni qui viennent de finir leur soixante-douzième tour de piste à petits pas. Ils me font de grands signes, m'invitant à les retrouver. Je m'élance dans un dernier glissement que j'aimerais pouvoir prolonger indéfiniment. Peu à peu, les petites silhouettes sombres prennent de la couleur. Je distingue le rouge des joues de Zoe et du nez de Bunicu, le bleu des yeux de Florin, le blanc des cheveux de Bunica, puis le vert des yeux de maman.

– Eh bien, ma chérie, tu as l'air d'en avoir bien profité. Ça va ? Pas trop fatiguée par tous ces tours de glisse ?

– Dis, maman, demande Zoe, ne me laissant pas le temps de répondre, on pourrait aller boire un chocolat chaud à la cafétéria de la patinoire ?

Sa proposition fait l'unanimité. Nous rendons les patins et nous nous dirigeons vers le Garibaldi, le café à la sortie du parc. Nous trouvons une table au fond de la salle. Je m'installe en face de Florin, près de la fenêtre donnant sur le parc. Je peux ainsi regarder la corneille venue se poser sur son rebord et la neige qui s'est mise à tomber. Zoe, nullement fatiguée, parle sans discontinuer, encouragée par mon grand-père qui adore la relancer avec toutes sortes de petites blagues ou devinettes.

– Doit-on dire « un grand nombre de corbeaux sont blancs » ou « un grand nombre de corbeaux est blanc » ?

– Je sais ! fait Florin d'un air malicieux tandis que ma sœur se creuse la tête pour trouver la réponse.

– Alors ? demande Bunicu.

– Je sais, je sais ! s'exclame Zoe, mais faut me laisser le temps de réfléchir. Je sais que je sais !

Au bout d'un bon quart d'heure, Zoe donne sa langue au chat, surtout quand elle voit s'approcher la serveuse chargée de nos chocolats chauds dont la délicieuse odeur de cannelle réveillerait les plus endormis.

– Bon alors, je vais te le dire, ma Zoe. La réponse c'est aucun, car les corbeaux sont noirs ! triomphe mon grand-père, toujours très fier de la chute de ses devinettes.

– Noirs et mauvais comme les Tziganes ! s'élève une voix d'homme provenant du centre de la salle.

C'est d'abord le visage de Florin que je vois se décomposer, puis celui de l'homme, juste derrière lui. Un gros type moustachu, assis tout seul à une table, une chope de bière à la main. Je prie pour qu'il cesse de s'intéresser à nous, mais il semble décidé à poursuivre ses commentaires.

– Qu'est-ce qu'il fait là, ce corbeau ! Ils sont partout, putain ! Ils nous volent, ils font leurs besoins sur le trottoir comme des chiens, ils tuent nos poules et, en plus, il faut qu'ils viennent dans nos cafés !

– Monsieur, s'il vous plaît, il y a des enfants ici, mesurez vos propos, lui demande calmement ma mère d'un ton poli qu'elle essaie néanmoins de rendre ferme.

Le moustachu se lève et s'approche de notre table, son verre de bière à la main.

– Qu'est-ce que vous faites avec ce Tzigane ? Vous savez pas qu'ils volent, qu'ils tuent, même ? On n'a pas besoin d'eux ici !

Je regarde fixement Florin qui a baissé la tête. Ma petite sœur, ne comprenant visiblement pas ce qui se passe, regarde alternativement ma mère, le moustachu, mes grands-parents.

– Les enfants, prenez vos vêtements, on s'en va, dit maman.

Florin se lève en premier. J'ai le cœur qui bat à toute allure et très envie de pleurer.

Grand-mère, en cet instant, j'aurais tant besoin de trouver l'un de tes mots glissé sous ma tasse de chocolat.

L'homme lance un regard méprisant à Florin. Il recule d'un pas, donnant l'impression de s'en aller, puis change brusquement d'avis, se rapproche et crache en direction de mon ami. Il rate sa cible. Florin se met debout. C'est la première fois que je vois ses yeux bleus remplis de larmes. Et de colère, je crois.

Maman se lève aussitôt et nous pousse vers la sortie, jetant sur la table plusieurs billets roses et jaunes pour payer nos consommations à peine entamées.

– Dépêchez-vous, les enfants.

Les grands-parents ouvrent la marche, suivis de maman qui encourage Zoe à presser le pas. Florin et moi sommes les derniers à quitter le Garibaldi.

« Faudrait tous les parquer et construire un mur autour… » est la dernière phrase que j'entends en refermant la porte du café. Je prie de toutes mes forces pour que Florin ne l'ait pas entendue.

18
Si un cil se pose sur ta joue...

Sur le chemin du retour, nous n'avons presque pas parlé. Même Zoe n'a pas bronché. Seule la radio est venue combler le grand silence qui s'est installé dans la voiture, jusqu'au moment où l'animatrice de ProFM a annoncé le prochain titre : *99 problèmes*, de Florin Salam. Bunicu a aussitôt coupé l'autoradio.

Maman a proposé à Florin de rentrer avec nous à la maison, mais il a poliment refusé. Bunicu l'a déposé devant l'église Saint-Georges, laquelle, avec le radoucissement des températures, a perdu de sa blancheur. Assise sur la banquette arrière de la voiture, j'ai suivi du regard mon ami qui s'éloignait vers la rue Radu

Calomfirescu, en essayant d'éviter les amas grisâtres de neige et les stalactites pendant dangereusement des gouttières des immeubles.

Depuis le Garibaldi, je ne l'ai plus vu sourire.

*
* *

Nous sommes dimanche soir et maman repart très tôt demain matin. Zoe est allée avec les Buni chercher du pain à la supérette du coin de la rue.

Depuis hier, je me sens terriblement coupable. Honteuse aussi.

Honteuse de m'être lamentée sur mon sort d'enfant de cueilleurs de fraises alors que Florin s'est fait insulter et cracher dessus pour le simple fait d'être né rom. Et coupable de n'avoir rien dit à l'homme du Garibaldi.

Bunicu et maman ont bien vu que j'ai été bouleversée par ce qui s'est passé. Ce matin, au petit déjeuner, tandis que Zoe dort encore, maman a reparlé du monsieur du café qui n'est malheureusement pas le seul à penser de cette manière. Dans l'esprit de beaucoup de Roumains, les Roms sont les premiers responsables des actes les plus vils. Et leur image n'est pas près de s'améliorer : même le dictionnaire de langue roumaine définit le terme « tzigane » comme un « épithète-adjectif donné à une personne ayant de mauvaises habitudes ». J'ai tout de suite pensé à papa et à sa réaction si dure vis-à-vis de la petite Anita… Sans doute avait-il eu peur que ma sœur, à force de jouer avec notre jeune voisine rom, ne prenne de mauvaises habitudes…

Alors que maman prépare ses bagages, je lui demande si papa est comme le gros moustachu du café, s'il pense qu'il faut « parquer tous les Roms et construire un mur autour ».

Ma mère s'arrête aussitôt d'emballer ses produits cosmétiques et vient s'asseoir à côté de moi sur la chaise, près de l'ordinateur.

– Mais comment peux-tu penser une chose pareille, Ilinca ? Voyons, tu connais si mal ton père ?

Je ne dis rien. Je ne sais pas si je le connais mal, mais ce qui est sûr, c'est que, depuis son départ pour la France, je le connais de moins en moins… Maman semble lire dans mes pensées.

– Oh, si ton père avait été là, vous auriez pu en parler directement ! Tu sais, ce qui s'est passé au Garibaldi et ce que papa a décidé par rapport à Zoe et Anita sont deux choses totalement différentes.

Maman fait une pause et prend ma main dans la sienne.

– Ton père a fait ça car il ne voulait pas qu'en voyant Anita vivre dans tout ce luxe Zoe soit envieuse ou même jalouse et qu'au bout du compte elle en souffre. Aujourd'hui, ce serait différent…

Je sens tout à coup des larmes couler le long de mes joues. « La coupe est pleine », dirait mon grand-père : la douleur sur le visage de Florin, la haine sur celui du gros moustachu, ses insultes, l'absence de papa, le départ de maman demain… Ma mère me prend dans ses bras et me berce doucement comme avant, il n'y a pas si longtemps. Je réussis à lui dire entre deux sanglots qu'elle et papa me manquent terriblement.

– Je sais, ma chérie. Je sais... répond maman, qui pleure aussi. Je voudrais que tu comprennes une chose, mon ange. Si nous avions eu le choix, nous serions restés ici à Bucarest, mais nous ne pouvions pas continuer ainsi, dans ces conditions. Si nous n'étions pas partis, nous aurions été séparés d'une autre manière, beaucoup plus dure... irrémédiable. Je te promets que nous faisons tout pour que cette séparation s'achève le plus vite possible. Je te le promets et papa aussi. Ton père se bat chaque jour, pour revenir ici très vite.

Je relève la tête et la regarde. Elle essuie mes larmes avec sa main, puis repousse mes cheveux derrière les oreilles.

Nous entendons la porte d'entrée s'ouvrir. Zoe et les Buni entrent dans le salon, suivis des huit chats qui reconnaissent en Bunica une promesse imminente de croquettes.

– Ily, devine qui on a vu ? dit ma sœur d'une voix joyeuse.

Bunicu me fait un petit signe des yeux, puis il pose un genou par terre et fait surgir de derrière son dos un bouquet de fleurs. Trois iris. Trois iris bleus. Florin.

– Vous avez rencontré Florin ?

– Oui, répond mon grand-père. On est allés se promener dans le parc Floreascǎ et, sur le chemin du retour, on l'a trouvé devant le kiosque à fleurs avec sa mère.

Je n'avais pas dit à ma famille où travaillait la maman de Florin.

– Quand il nous a vus, il nous a tout de suite demandé de tes nouvelles, Ilinca. Puis, avec sa mère, il t'a spécialement préparé ce bouquet de fleurs, explique mon grand-père d'un ton solennel.

– Comme elles sont belles ! s'exclame ma mère. Je vais chercher un vase dans la cuisine. Elles ont besoin d'eau, ces fleurs.

– Buni, est-ce que Florin allait bien ? Je veux dire…

– Oui, il va bien. Nous n'avons pas trop parlé de ce qu'il s'était passé au Garibaldi. Il m'a simplement dit que sa mère lui avait appris à faire preuve de gentillesse et de respect avec tout le monde, y compris avec ceux qui ne ressentent que de la haine vis-à-vis du peuple rom.

– Mais, Buni, cet homme était tellement méchant…

– Oui, mais les choses qui font mal nous instruisent, n'est-ce pas, Zoe ?

– Benjamin Franklin !

– C'est bien, je vois que ma petite reine a retenu sa leçon d'histoire.

Ce matin, grand-père avait fait travailler Zoe sur les grands noms de l'histoire des États-Unis, en prévision de son contrôle du lendemain. Elle lui avait demandé si Benjamin Franklin avait un chien ou un chat et s'était montrée très déçue que les manuels n'en parlent pas. En revanche, elle avait bien mémorisé cette phrase qui l'avait rendu célèbre.

Maman nous appelle pour que nous mettions le couvert. Zoe se précipite joyeusement vers la cuisine, trop heureuse de pouvoir aider notre mère et de passer un dernier moment avec elle. J'ai soudainement envie de faire pareil et d'aller les retrouver d'un pas léger et sautillant, tant l'ordinaire éphémère et fragile de nos vies me paraît à cet instant merveilleux.

La main de Bunicu sur ma joue me ramène à la réalité.

– Tu avais un pistil d'iris sur la joue, me dit mon grand-père. Ou peut-être était-ce un cil…

Je le prends et le serre dans la paume de ma main.

Je me sens soulagée d'apprendre que Florin va mieux. Je voudrais aussi savoir s'il a retrouvé son sourire, mais je n'ose pas demander à mon grand-père.

– Allez, ma princesse, me chuchote Buni, en passant un bras sur mes épaules. Souris un peu ! Un sourire coûte moins cher que l'électricité, mais donne beaucoup plus de lumière. Tu ne l'as jamais remarqué ?

Je lui fais un large sourire auquel il répond en me montrant toutes ses dents. Nous éclatons de rire et entrons ainsi dans la cuisine pour partager le dernier repas familial de l'année.

19
Dans les hauteurs

Aujourd'hui, Bucarest a mis un peu de bleu dans ses habits blancs. La journée sera belle. Florin et moi devons nous retrouver à 9 heures, place de l'Union, pour prendre le bus qui nous conduira au quartier Filaret où nous souhaitons faire quelques photos. Je dois déposer ma sœur à la piscine avant de filer le rejoindre.

– Dépêche-toi, Zoe, on va être en retard. Il est déjà 8 heures !

Ce matin, elle tient à donner à manger aux chats de manière individuelle et rimée. Ce qui prend un temps fou… Bientôt, elle dosera les croquettes en fonction du nombre de vers de ses poésies. Ce qui laisse présager une prochaine famine pour nos huit félins, qui n'apprécieront guère un repas en alexandrins contenant seulement douze croquettes.

– Une portion d'abeille pour Marseille, une portion de dromadaire pour Quimper, une portion de soixante-douze pour le gros Toulouse, une portion de champignon pour le p'tit Avignon, une portion de caprice pour Nice, une portion de brie pour Paris, une portion de fortifiants pour Lorient et, pour Dijon, une portion d'oignons !

– C'est bon, Zoe, tu as fini ?

– Ouuiiii, c'est bon ! répond-elle en rangeant le sac de Friskies sous l'évier.

Je laisse un Post-it sur la porte du réfrigérateur, rappelant aux Buni où nous partons.

Dehors, nous passons devant la maison d'Anita. Ma sœur lève la tête vers la fenêtre de son ancienne amie, puis la baisse aussitôt, pensant peut-être que papa la surveille, perché sur la branche d'un arbre.

À 8 h 30, nous nous trouvons devant l'entrée principale de la piscine. Je regarde ma montre d'un air satisfait. Personne ne sera en retard.

– Ily, tu me donnes mon sac de piscine ?

Le sac de piscine ? On l'a oublié !

– Oh non, Zoe, c'est pas possible ! Mais qu'est-ce que je vais faire de toi ? Maintenant, on n'a plus le temps de rentrer pour aller le chercher !

– Bah, c'est pas grave. J'ai qu'à venir avec vous à Filaret… Je promets de me faire toute petite.

Je soupçonne Zoe d'avoir sciemment oublié ses affaires de piscine pour pouvoir m'accompagner, mais je me résigne à l'emmener avec moi.

– OK, mais t'as intérêt à te taire, sinon je te préviens, je ne t'emmènerai plus jamais nulle part et je ne t'aiderai plus à faire tes devoirs. T'auras plein de mauvaises notes et les parents voudront plus jamais te voir !

Ce genre de menace marche à tous les coups avec Zoe qui se tait aussitôt.

Florin nous attend à la sortie du métro. Du

haut des escalators que j'ai toujours connus en panne, il nous fait un grand signe de la main. On traverse rapidement le boulevard en direction de la station de bus. Là, Florin me demande de fermer les yeux et de tendre les mains. J'obéis. Je sens alors quelque chose de chaud chatouiller, puis recouvrir ma main gauche, suivie de la droite. J'ouvre les yeux et je me découvre avec une paire de mains violette et noire. Voyant que je n'avais pas de gants, Florin m'a donné les siens.

– Mais toi ?

– Je n'en ai pas besoin, on a la peau épaisse dans ma famille !

Dans le bus 232, Florin me demande des nouvelles de mes parents.

– Je pense qu'ils vont bien. Je parle sur Skype avec maman, car papa n'a pas trop le temps. C'est la période des fêtes et ses collègues ont pris leurs congés. Maman me dit qu'il travaille beaucoup et qu'il est assez fatigué.

La dernière fois que nous nous sommes

appelés, j'ai en effet trouvé papa très pâle et vu de gros cernes sous ses yeux.

– Et il est toujours prévu qu'ils rentrent en janvier ?

– Normalement, oui…

Le bus nous dépose juste en face de la gare routière de Filaret. Je sors mon appareil Canon. Nous nous trouvons devant la première gare de Bucarest inaugurée en 1869, en même temps que la première ligne ferroviaire de la Roumanie qui reliait la capitale à la ville de Giurgiu. Aujourd'hui, plus aucun train ne vient s'y arrêter, et ce lieu est surtout connu pour ses chiens errants et les projets de démolition menaçant son bâtiment pourtant classé monument historique. Trônant au sommet de la colline Filaret, l'édifice est tout simplement somptueux. Je prends quelques photos, essayant d'éviter à la fois Zoe, qui ne peut s'empêcher de poser dès qu'elle voit un photographe, et les distributeurs de boissons entourant le bâtiment.

Puis nous poursuivons notre chemin dans

les ruelles du quartier. Je photographie la rue Xenofon, la seule rue en escaliers de Bucarest. Cent marches que ma sœur s'amuse à compter afin de s'assurer que la légende dit vrai. En haut de l'escalier se trouve le Carol Parc Hotel, considéré comme l'un des hôtels les plus luxueux d'Europe de l'Est. De là, nous bénéficions de l'un des plus beaux panoramas de la ville : Bucarest vue de très haut, étalant avec arrogance sa Maison du peuple et les autres bâtiments nés sous la folie de Nicolae et Elena Ceauşescu. Un peu plus loin, rue de la Citronnelle, nous découvrons l'illustration parfaite de notre projet : deux maisons siamoises, serrées l'une contre l'autre ; la cohabitation saugrenue, presque monstrueuse, du vieux et du neuf, du beau et du laid, de la belle pierre et du verre luisant et kitsch.

Dans la rue de la Fabrique d'allumettes, je ne résiste pas à prendre en photo la poste la plus charmante que j'aie jamais vue : minuscule, vieille, désuète et pourtant pleine de charme. En la voyant, je ne peux m'empêcher de penser à Bunica…

Zoe nous laisse plus ou moins tranquilles, s'amusant toute seule et parlant avec les pigeons et les chiens du quartier, jusqu'au moment où ces derniers finissent par en avoir assez et filent se cacher sous les voitures à son approche.

Florin se montre le plus attentif d'entre nous, demandant à Zoe si elle n'est pas trop fatiguée, si elle n'a pas froid, faim ou soif. Il est loin de connaître Zoe l'infatigable qui, malgré nos trois heures de marche, aurait encore assez de ressources pour faire quatre fois le tour de la Maison du peuple.

Par contre, moi, je commence à faiblir. Florin propose de rentrer en taxi. Avant de monter dans la voiture, je fais une dernière photo : un chien assis devant la porte d'entrée de la gare, semblant attendre le retour de son maître ou, au contraire, d'après Florin, l'arrivée de celui ou de celle qui décidera de le devenir.

À la différence de Buni qui conduit avec une grande prudence, passant très rarement la quatrième, notre chauffeur roule comme un fou, le klaxon et la pédale d'accélérateur enfoncés, roulant même sur les voies de tramway, pour le plus grand plaisir de ma sœur, fan inconditionnelle de *Fast and Furious*. Dix minutes plus tard, nous atteignons déjà notre petite rue qui ressemble à une calotte glaciaire en plein dégel. Florin, que j'ai invité à déjeuner à la maison, insiste pour payer la course du taxi.

C'est alors que l'une des voitures garées le long du trottoir reçoit sur son pare-brise une épaisse couche de neige provenant du toit de la maison d'Anita. Cette masse poudreuse et immaculée chutant des cieux est magnifique pour les yeux, mais je ne suis pas sûre que le propriétaire de la voiture apprécie le mouvement poétique. La voiture de police stationnée devant l'entrée de notre immeuble contraint le chauffeur de notre « Speed Taxi » à repartir avec prudence.

Florin nous demande en rigolant si nous avons des voisins policiers.

– Non, mais des tueurs en série ou des kidnappeurs d'enfants sont probablement cachés dans les étages, répond Zoe d'un air malicieux.

20
Des raccourcis

Dans l'ascenseur, Florin, Zoe et moi nous amusons à nous prendre en photo dans le miroir de la porte coulissante. À l'approche du quatrième étage, j'appuie sur le bouton déclencheur de mon Canon juste au moment où l'ascenseur s'ouvre, faisant apparaître un homme en uniforme et képi qui se retrouve photographié contre son gré.

Par un syllogisme rapide, je déduis que le monsieur devant nous est un policier. Ce dernier fixe mon appareil photo d'un air étrange, puis il aperçoit Florin et Zoe derrière moi. Il se retourne et lance :

– Eh bien, elle est là !

Je me mets sur la pointe des pieds et découvre sur le palier mes grands-parents : Bunicu, le regard tendu, et Bunica, l'air affolée, serrant dans sa main un Kleenex tout fripé.

– Zoe, mais où étais-tu ? On s'est fait tellement de souci.

Notre grand-père nous explique qu'il était allé chercher ma sœur à la sortie de la piscine, et qu'il ne l'avait pas trouvée. Il était alors rentré à la maison et avait appelé la police pour signaler sa disparition.

– Mais, Buniii, comment as-tu pu croire que j'avais disparu ? J'étais avec Florin et Ily à Filaret, parce que j'avais oublié mon maillot de bain et que je ne pouvais décemment pas me baigner sans lui, explique ma sœur, reprenant mes propres termes.

Le policier se tourne vers Florin et moi d'un air interdit et nous demande ce que nous faisions dans le quartier Filaret.

– Là-bas, c'est quand même le refuge des Tziganes et des chiens errants, nous dit-il.

La première pensée qui me vient à l'esprit est que, comme moi, l'agent n'a pas vu que Florin est d'origine rom… Puis je m'aperçois de la gravité de ses propos : comment peut-on mettre au même niveau les Roms et les chiens errants ? Et si, au contraire, le policier avait très bien compris que Florin était rom ? Ce serait alors bien pire… Ses affirmations auraient été délibérément méchantes et blessantes.

Comme au café Garibaldi, Florin fait preuve d'un calme imperturbable. Puis il s'avance doucement.

– Monsieur l'agent, vous avez entièrement raison, c'est un lieu fort peu recommandable. Des seringues partout, des sachets de coke, des chiens et des Roms sniffant de la colle, des maisons vandalisées… Un endroit où l'insécurité est à son maximum. Et alors, je vous le demande, moi, que fait la police ? Et surtout où est-elle ? Eh bien, monsieur l'agent, on a eu beau chercher, mes amies et moi, on n'en a pas vu un seul. Pas le moindre képi à l'horizon. En rentrant, par contre, on a vu trois représentants de la loi attablés au café *Mon Amour* du boulevard Dacia. Les joues rougies par le dur labeur qu'ils accomplissent au quotidien pour le bien de la communauté, pour notre bien, monsieur l'agent…

Florin se rapproche de l'individu en uniforme.

– Ooooh, mais je suis confus ! Vous êtes… vous êtes… vous êtes vous-même l'un d'entre eux ! Pardonnez-moi, vous savez, parfois, les apparences… De nos jours… on a tendance à généraliser… abusivement, maladroitement, sans le vouloir, bien sûr. Les stéréotypes, vous savez. Réduire les policiers à des alcooliques grossiers et fainéants parce qu'on en a déjà vu quelques-uns de cet acabit dénote un manque total de… de… je cherche le mot. Ilinca, peux-tu m'aider, s'il te plaît ?

– … d'intelligence ?

– Voilà, c'est le mot. In-tel-li-geeeeeeen-ce.

Bunicu s'avance d'un pas et nous fait signe d'arrêter. Je regarde Florin qui me lance discrètement un petit clin d'œil. Je suis à la fois impressionnée et amusée. Le policier, en revanche, n'a pas du tout l'air de rigoler.

– Allez, Florin, viens.

– J'arrive, Ilinca. Je tenais juste à m'expliquer auprès de monsieur l'agent et à m'excuser encore une fois pour cette maladresse incommensurable. Au revoir, monsieur, et merci pour votre visite !

Florin se dirige ensuite vers l'appartement d'un pas assuré et digne, laissant le policier cramoisi et sans voix. Après s'être excusé de l'avoir dérangé pour rien, mon grand-père salue timidement l'homme au képi et le remercie.

Une fois la porte refermée, j'éclate de rire, suivie de Florin, puis de Bunicu, puis de Zoe (qui n'a pas tout compris, mais rit facilement) et même de ma grand-mère dont la poitrine se soulève par soubresauts, en émettant de petits cris gutturaux.

– Vous voyez, les enfants, nous dit Bunicu, la vie, c'est comme un ascenseur. Quand il y en a un qui descend, un autre s'élève !

21
Les bergers arrivent

Noël approche.

Je fais défiler sur mon ordinateur mes dernières photos quand je reçois un mail de Florin : son dernier poème écrit à partir de l'un de mes clichés. Intitulé « Vue de chien », il parle du petit corniaud que j'ai photographié devant la gare routière de Filaret.

Ils m'ont appelé Filaret,
Comme mon quartier peut-être,
Je suis un chien qui erre
Heureux d'être sur terre.

Le jour je me promène

Là où ma truffe me mène,
Tout le long de la journée
Je vois de grands cars arriver

De Grèce, de France ou d'Italie
Des gens revenant au pays
Qu'ils ont quitté de gré
Puis rejoint un peu forcés.

J'attends devant la gare
Regardant les cars,
Et faisant le beau
Devant de drôles d'oiseaux.

Un beau jour, moi aussi
Je partirai loin d'ici
Pour aller voir ailleurs
Battre d'autres cœurs.

Puis je rentrerai vite
Dans ce quartier en faillite
Car je suis le chien qui erre
Heureux d'être sur terre.

Je le relis plusieurs fois, le fichier de la photo ouvert dans une autre fenêtre. Les vers de mon ami aux côtés des yeux du chien. Je suis un peu Filaret au fond, errant dans Bucarest, attendant le retour de mes parents, souffrant de leur absence, mais préférant rester ici.

– Ilinca, tu viens ? Vous allez être en retard…

C'est Bunicu. Ce matin, en cette veille des vacances de Noël, il s'est proposé de nous emmener à l'école. Qui dit dernier jour avant les vacances de Noël dit fête traditionnelle de fin d'année. Depuis trois semaines, notre école s'y prépare activement : décorations, chants, danse, théâtre, poésie. Et ce soir, les familles sont invitées à assister à ce grand événement de réjouissances.

Zoe est tout excitée. Je suis contente de voir à quel point elle a gardé sa joie de vivre malgré l'absence de nos parents. Sans ses yeux rieurs et ses sursauts joyeux, le vide dans notre famille me paraîtrait encore plus vaste.

Le vieil homme à la main tendue est à son poste. Je me demande comment il passera Noël, avec qui, où… Quand je le vois, ma tristesse me semble déplacée.

Pendant ce temps, dans la voiture, Zoe répète *Les Fleurs blanches,* de Ștefan Hrușca*.

Un long hiver nous a touchés
Blanches sont les fleurs
Tous les moutons ont bêlé
Blanches sont les fleurs
Les bergers les ont entendus
Blanches sont les fleurs.

J'aime toujours autant cette chanson que nous avions l'habitude de chanter en famille le soir de Noël. Cette année sera différente et je ne sais pas si j'aurai la force d'aller avec Zoe la chanter de porte en porte [3]. Je félicite ma sœur pour son interprétation.

3. En Roumanie, la veille de Noël, les enfants parcourent les rues, puis se présentent aux portes des maisons, devant lesquelles ils interprètent des chants traditionnels et reçoivent en échange des friandises, des pommes, des oranges, des noix ou un peu d'argent.

Concentré sur sa route, Bunicu ne parle pas beaucoup. Hier soir, maman l'a appelé. C'est la première fois qu'elle lui téléphone sans demander à nous parler. Et depuis, les yeux gris de Buni semblent encore plus gris.

Attroupés devant les grilles de l'école, mes camarades de classe sont déjà parés pour le réveillon du 31 : les filles sont maquillées, leurs cheveux lissés ou gonflés, leurs boutons camouflés ; elles portent des robes aux couleurs irisées ou criardes, sans oublier les multiples accessoires : ceinture strass, bandeaux, boucles d'oreilles, colliers et vernis à ongles de la même couleur ; les garçons sont un peu plus sobres : ici, une ceinture large à double boucle argentée ; là, un nœud papillon ou une cravate.

De mon côté, je suis restée fidèle à mon style « dépouillé ». Cheveux châtain clair systématiquement ramenés en queue-de-cheval, yeux gris ou verts (en fonction du temps et de mon humeur), je m'habille souvent avec les mêmes vêtements, aux couleurs invariablement unies, bleu ou noir, en jean la plupart du temps et je porte des chaussures qui privilégient le confort aux apparences. Mon grand-père m'a demandé pourquoi je ne me suis pas préparée comme Zoe, j'ai rétorqué que je suis chargée de faire les photos de la fête et qu'un photographe doit garder un style vestimentaire dans lequel il se sent à l'aise.

Zoe est beaucoup plus coquette que moi. Elle a des lunettes mauves et des cheveux longs et épais qu'elle adore coiffer de toutes les manières possibles et imaginables : des nattes, des macarons, des chignons, des tresses autour de la tête... mais aussi des œuvres plus originales auxquelles elle me demande, gentiment mais fermement, de contribuer. Je suis alors contrainte de suivre ses instructions à la lettre, en m'aidant d'une photo découpée dans le dernier *Bravo Girl !* Bunicu me dit que je suis désormais prête à faire une carrière dans le cheveu... Côté vestimentaire, chaque soir, Zoe prépare minutieusement sa tenue du lendemain, accordant le bandeau à fleurs au haut qu'elle portera. Tout est très réfléchi, presque mathématique (une fois, je l'ai même surprise en train de compter le nombre de fleurs sur son chemisier).

Et ce matin, Zoe m'a demandé de la coiffer en « renne » de Noël. Je lui ai donc formé sur le sommet de la tête deux cornes de cheveux tenant pour le moment grâce à une tonne de gel, mais je crains qu'elles ne tombent avant ce soir. Je doute aussi qu'en dehors de nous les gens comprennent la thématique animale…

– Allez, renne Zoe ! File, tu vas être en retard, dit Bunicu à ma sœur occupée à redresser ses cornes dans le rétroviseur de la voiture.

Tout en cherchant Florin des yeux au milieu des élèves agglutinés devant la grille, je pousse Zoe qui m'empêche de sortir de la voiture.

– Ton appareil, Ilinca ! me lance Bunicu.

Je me retourne et tends le bras pour l'attraper sur la banquette.

– Fais de belles photos, ma princesse. Les images ont la même valeur que les mots… me dit mon grand-père.

Parfois même plus, ai-je envie de répondre.

22
La tête haute

De cette fête il restera des images et peu de mots.

Mon appareil photo m'a fourni un mobile pour ne pas avoir à danser, à chanter ou à jouer. Je suis la photographe officielle de la fête, autorisée à ne pas être déguisée et à passer de rang en rang dans la salle de spectacle et les classes pour prendre en photo mes camarades sur scène ou en train de s'amuser.

Entre deux clichés, je suis allée rejoindre Florin, responsable de la sono des élèves. « Sono » est peut-être un grand mot pour un matériel se composant d'un ordinateur et d'une clef MP3 diffusant les derniers tubes. En fait, il devait juste veiller à ce qu'il n'y ait pas de blancs entre les morceaux. Pour l'occasion, il a mis du gel dans ses cheveux bruns, ce qui rendait ses yeux encore plus bleus.

J'ai également assisté au spectacle des CE1. Parmi les enfants qui chantaient *Les Fleurs blanches* puis *Le Tintement des cloches*, j'ai distingué deux cornes de cheveux dépassant du deuxième rang. C'était ma petite renne de sœur. À la fin du spectacle, les jeunes artistes se sont avancés sur le devant de la scène pour saluer le public.

C'est alors que la catastrophe capillaire s'est produite : la tête en bas, l'une des cornes de Zoe a cédé. Alors que le salut était terminé et que tous les enfants s'étaient relevés pour retourner dans les coulisses, ma sœur est restée la tête baissée. Au bout de plusieurs longues secondes, le garçon à côté d'elle lui a discrètement donné un coup de coude et Zoe s'est lentement relevée, suscitant un éclat de rire général dans la salle. J'ai aussitôt rangé mon appareil.

Pourtant une image reste. Pas une sur laquelle nous verrions la corne défaite, l'autre de travers ou les joues toutes rouges de ma sœur. Non, ce n'est pas celle-ci. L'unique image laissée par ce jour de fête montre un visage en larmes. Celui de Zoe. Et j'ai beau tout essayer, je n'arrive pas à l'effacer.

La fête est finie, et Bunicu nous attend dehors. Je tiens ma sœur par la main. Elle n'a pas dit un seul mot depuis la fin du spectacle. Je l'ai attendue dans les coulisses, comme l'aurait fait une mère ou un père, je l'ai serrée fort dans mes bras, essayant de la réconforter, mais je ne suis ni maman ni papa.

Nous avons passé la fin de la soirée assises sur des chaises dans le couloir du second étage de l'école. Le visage de ma sœur reposait sur mes genoux. Au loin résonnaient des rires et des chansons de fête. Avant de partir, je suis allée expliquer à Florin ce qui s'était passé et le prévenir que nous rentrions. Il m'a proposé d'aller parler à Zoe, mais je lui ai dit qu'il ne valait mieux pas. Je crois que, dans ces moments-là, les enfants n'ont besoin de personne d'autre que de leurs parents. Ce n'est finalement pas sa coiffure qui l'a plongée dans cet état, c'est ce qui a suivi, le besoin immédiat et insatisfait d'être serrée dans les bras robustes de son père tandis que sa mère, d'un tour de main, redonnerait à ses cheveux d'enfant leur beauté passée.

Mes bras sont trop jeunes pour soulager sa peine. Ceux de Florin, trop nouveaux. Et ceux de mes grands-parents, trop frêles.

De retour à la maison, Zoe file s'installer sur le canapé et allume la télévision. J'emmène Bunicu dans la cuisine où se trouve déjà notre grand-mère occupée à congeler des sarmale. L'odeur réconfortante de chou que j'ai sentie en franchissant la porte du bloc vient bien de chez nous.

Je leur explique à voix basse la manière dont la fête s'est terminée pour Zoe. Bunicu regarde sa femme, puis soupire plusieurs fois.

Du salon, on entend les sons disparates de la

télé. Ma sœur a mis sa chaîne d'information préférée, ce qui me laisse à penser qu'elle commence à aller mieux.

– Allons la rejoindre, me dit mon grand-père.

Devant Digi 24, les lèvres de Zoe se remettent peu à peu à bouger et ses joues reprennent leurs couleurs. Quand elle demande à couper le son, Bunicu lâche un soupir de soulagement. Elle commence à lire les infos défilant en bas de l'écran, puis peu à peu elle développe, brode, ajoute des détails. Très vite, elle se lève et se poste devant le téléviseur afin de nous présenter son JT, le JT à la Zoe.

– Raluca, vous vous trouvez actuellement à l'intérieur de l'usine Dacia, où l'on compte plein de victimes. C'est horrible ! Pour le moment, on a sorti quinze morts et vingt-cinq blessés de l'usine. Environ trente-cinq autres victimes se trouvent sous les concombres, entre la vie et la mort !

Sans transition, Zoe passe à un autre sujet tandis que ses yeux retrouvent leur air rieur.

– Et maintenant, chers « téléspètateurs », chères « téléspètatrices », revenons sur le sujet que vous aimez tant : les chiens errants ! Nous avons trouvé des chiffres impressionnants : plus de cinquante et un mille chiens sans maître ont été ramassés depuis octobre 2013, et trente mille d'entre eux ont été euthanasiés, c'est-à-dire tués ! Quick ! fait Zoe en se passant un doigt sous la gorge.

Certes, Zoe en rajoute un peu, mais pas tant que ça. Les informations télévisées sont toujours un grand spectacle populaire. Un mélange de télé-réalité et de *telenovela*.

– Mesdames et messieurs les « téléspètateurs » et les « téléspètatrices », merci pour votre écoute et à demain !

Nous applaudissons très fort Zoe. Les chats courent dans tous les sens. Je l'acclame et la félicite pour ses talents journalistiques. Je suis surtout très soulagée que le douloureux souvenir de la fête de l'école s'efface progressivement.

Le temps est venu d'aller nous coucher.

Pendant que nous déroulons le canapé du salon, Zoe, dont le rythme verbal a retrouvé son niveau d'antan, me raconte dans les détails son spectacle « vu des coulisses ». Mais, en plein milieu de son récit sur les collants d'Ana et les poux de Tudor, elle me demande :

– Ily, quand est-ce qu'ils rentrent, papa et maman ? Ça fait long…

Je la regarde, son oreiller bien serré dans ses bras.

– C'est vrai, au début c'était marrant, mais maintenant plus trop. Et puis, c'est Noël…

Je me tais. Un long silence s'installe. Florin et Bunicu sauraient quoi dire. Mais moi, j'en suis toujours incapable, une vraie handicapée des mots ! Je ne parviens pas à exprimer les choses qui sont vraies. Les choses qui risquent de faire mal… Comme *je ne sais pas quand ils rentreront, mais ce qui est sûr, c'est qu'ils ne seront pas là à Noël.* Faut-il alors que je mente ?

– Zoe, ils vont revenir, bien sûr, mais pas tout de suite. Tu sais, maman m'a dit que bientôt on sera de nouveau ensemble, comme avant…

Ce n'est pas vraiment un mensonge, c'est maman qui me l'a écrit dans son dernier mail. Les parents ne mentent jamais à leurs enfants. Cela devrait donc être vrai, non ?

En laissant cette question sans réponse, je me couche auprès de Zoe et passe mes bras autour de ses épaules, la main glissée sous ses cheveux encore tout collants.

23
Le début de la fin

Nous sommes le 22 décembre, date anniversaire de la journée la plus tragique de la révolution roumaine. Trois jours plus tard, il y a vingt-sept ans, le couple Ceauşescu était abattu, le régime communiste prenait fin, et la Roumanie découvrait le mot « liberté ».

Zoe est partie avec les Buni faire les dernières courses de Noël.

J'en profite pour me connecter à ma boîte mail. Hier soir, maman ne nous a pas écrit. Depuis leur départ, les parents ont instauré des petits gestes virtuels auxquels je me suis très vite habituée. Tout comme je m'étais habituée au

« Bonjour, les lapins, c'est le matin ! » que maman nous chuchotait à 6 h 45 en entrouvrant légèrement la porte de notre chambre ou à l'histoire que papa venait raconter à Zoe le soir, au coucher, et que j'écoutais par la même occasion.

L'une des fenêtres du navigateur Internet est restée sur la page Yahoo de Bunicu qui ne s'est pas déconnecté. Je m'apprête à passer du compte de mon grand-père au mien, quand mes yeux se fixent sur un prénom d'expéditeur apparaissant plusieurs fois dans sa boîte de messagerie : Daciana. Le prénom de ma mère. Puis je vois les dates et les heures d'envoi très rapprochées. Hier, maman a écrit à Bunicu à huit reprises. L'objet des messages – « Nouvelles » – ne me donne aucun indice précis sur leur contenu, mais je ne comprends pas pourquoi ma mère a écrit à son père entre six et huit fois par jour depuis cinq jours, et à nous, beaucoup moins. Quelque chose n'est pas normal.

Je décide de cliquer sur le dernier mail que maman lui a envoyé ce matin, vers 6 heures, heure française.

Nuit agitée. S'est réveillé plusieurs fois à cause des douleurs. A mangé deux biscottes ce matin.

De qui parle maman ? De Jean, le vieil homme dont elle s'occupe ? Je décide de remonter un peu plus loin dans les échanges.

A pris un peu de bouillon. Mais a tout vomi ensuite. Il ne s'habitue pas au traitement.

Il dort encore. Il se réveille par moments et prononce mon nom et celui des petites. Je suis heureuse de savoir qu'il est avec nous, même si son corps ne suit pas.

Les infirmières lui ont retiré sa sonde gastrique.

Papa ! Il a repris connaissance !

Je voulais t'appeler, mais je savais que les filles seraient là.

Je leur expliquerai tout quand ça ira mieux. Les médecins disent que la phase critique est passée.

Maman parle… de papa ?

Il est dans la salle d'opération. Ils ne me disent rien. Je ne sais rien. C'est horrible, papa.

Ils veulent le réopérer de toute urgence. Il a fait une fistule anastomotique. J'ai peur, papa. Adrian souffre tellement.

Sa fièvre ne baisse toujours pas, et il a toujours de grosses douleurs abdominales. Le médecin est enfin passé l'ausculter. Il est reparti sans rien me dire.

Toujours de la fièvre et des douleurs au ventre. Les infirmières disent que c'est normal après une opération du côlon, mais cela fait déjà quatre jours.

Le dernier message que je viens de lire date du 17 décembre, ce qui correspond au moment où les mails des parents ont commencé à se raréfier. Et avant-hier, quand maman a appelé Bunicu sans demander à nous parler, c'était le jour où papa avait dû être réopéré d'urgence.

« Réopérer » ? Cela veut dire qu'il a déjà été opéré ? Tout s'embrouille dans ma tête. Je n'ai pas la force de remonter plus loin dans la boîte mail de Bunicu.

Florin. Je dois voir Florin.

Je ne peux garder tout ça en moi.

J'enfile mes baskets, j'attrape mon manteau dans l'entrée et je quitte l'appartement en claquant la porte. Je cours vers le tram qui approche de la station Verdi. Dans la rame presque pleine, je m'assieds sur le siège orange, en face de la place inoccupée de maman.

Une famille monte dans le tramway à la station Tchaïkovski. Deux petites filles d'environ cinq et six ans, accompagnées de leurs parents. Je me lève pour leur laisser mon siège. Le père me remercie gentiment, en me faisant un grand sourire. Il s'assied à ma place et prend la plus petite sur ses genoux, tandis que sa femme s'installe en face, sans lâcher la main de la grande.

Accrochée à la barre qui nous sépare, je baisse mes yeux mouillés sur leurs deux mains serrées.

– Merci, mademoiselle, vous pouvez reprendre votre place, c'est notre arrêt, me dit le père à la station du Lac aux tilleuls, tout en aidant sa femme et ses enfants à descendre les marches du véhicule.

Les portes du tramway se referment derrière eux.

Debout, devant mon siège désormais vide, je regarde tristement la rame du tram, cherchant une nouvelle place qui pourrait me donner une autre vie.

24
Première danse

Alors que le tramway s'approche des urgences de l'hôpital Florească, je réalise tout à coup que Florin est sûrement au kiosque à fleurs en train d'aider sa mère. Je n'ai donc pas pris le bon chemin. Je décide de descendre à la station Étienne le Grand et de rejoindre à pied le magasin de Tanti Flori. J'espère de tout mon cœur que mon camarade s'y trouvera, je n'ai pas la force d'aller jusqu'au vieux centre et je ne veux pas non plus revenir chez moi.

À cent mètres du petit magasin, je distingue d'abord les pots de fleurs joliment installés sur le trottoir, puis j'aperçois un bout de tissu fleuri. C'est le tablier de Tanti Flori, laquelle apparaît quelques secondes plus tard, affichant un grand sourire sur le visage.

– Hé, Ilinca, quel plaisir de te voir ! Comment ça va, petite ?

– Bonjour, Tanti Flori. Ça va… Florin est-il avec vous ?

– Ah non ! Florin, il est avec son cousin Matei. Ce soir, c'est l'anniversaire de son arrière-grand-père. Il va avoir cent douze ans, le vieux ! Ils répètent.

– Ils répètent ?

– Oui, Matei à l'accordéon et Florin au violon.

– Ah, je ne savais pas que Florin jouait du violon !

Les yeux de Tanti Flori s'illuminent.

– Alors viens donc à la fête avec nous ! Ça fera plaisir à Florin.

– Non, je ne crois pas…

– Aoleu* ! Pas de ça avec nous. Tu viens, un point, c'est tout !

Je m'entends finalement accepter l'invitation de Flori d'une voix qui me paraît étrangère. Je suis incapable de savoir ce que je dois faire, penser ou dire.

Je crois que j'ai besoin qu'on décide à ma place, et la mère de Florin semble l'avoir compris.

– C'est pas loin de la maison, on rentrera juste avant pour se changer.

Se changer ? Je baisse les yeux vers mes baskets, mon jean sans forme et mon manteau marron : assurément une tenue trop austère pour aller à une fête, mais ce sont les derniers vêtements achetés avec mes parents, avec papa, un dimanche matin au *mall* quand nous étions encore tous ensemble…

Une image que je m'efforce aussitôt de chasser de mon esprit.

– D'accord, je vous suis ! je lance à Tanti Flori plus fort que je ne l'aurais voulu.

La maman de Florin me sourit de ses yeux malicieux.

Surtout ne pas penser à ma famille, surtout ne pas penser à ma famille, surtout ne pas penser à…

– Ilinca, tu dors ou quoi ? Je te demande si

tu peux m'aider à baisser le rideau. Il est drôlement dur…

Tanti Flori a déjà ramassé ses pots et m'attend, la main accrochée à la poignée du rideau en ferraille de son kiosque à fleurs.

– « Le pigeon rôti ne vient pas tout seul dans la bouche ! », comme on dit par chez nous, me lance-t-elle gaiement.

Le tram 5 nous dépose à quelques mètres de la rue Calomfirescu. Je n'ai pas beaucoup parlé durant le trajet. J'ai la tête lourde et embrouillée. Je voudrais pouvoir la vider d'un simple geste, comme quand on débouche un évier rempli de l'eau sale de la vaisselle. J'ai beau chercher partout, je ne trouve pas la petite chaîne de la bonde…

Quand Tanti Flori m'a demandé si je voulais appeler mes grands-parents pour les prévenir que je ne rentrerais pas tout de suite, j'ai menti, prétendant leur avoir déjà envoyé un texto.

Flori m'emmène dans sa chambre et ouvre une petite armoire dans laquelle elle m'invite à choisir la tenue qui me plaît. Comme au marché des fleurs, je suis saisie par une profusion de couleurs : des tissus imprimés chauds et joyeux, des jupes fleuries, des robes aux coloris multiples…

La maman de Florin attrape au hasard une grande jupe à volants et un haut qu'elle me met d'office dans les bras.

– La couleur appelle la couleur, tout comme le bonheur appelle le bonheur… Allez, essaie ça, ma jolie !

Vingt minutes plus tard, après plusieurs essayages, je peine à me reconnaître dans le miroir que me présente Tanti Flori. J'ai une fleur rouge accrochée dans mes cheveux détachés et bouclés, un haut rouge et une jupe fleurie à volants, que Flori a rapidement ajustée pour que je ne me prenne pas les pieds dedans ou ne la perde en chemin. Désormais soulignés d'un long trait noir, mes yeux semblent très grands. Plus graves aussi. Je porte également une paire de ballerines que Flori m'a forcée à mettre, même si je voulais garder mes baskets. J'ai l'impression d'avoir dix ans de plus. L'âge de mes parents quand ils m'ont eue…

Enfin prêtes, nous nous dirigeons vers la maison de Matei : deux silhouettes jaune et rouge perçant le brouillard dans lequel la ville, ce soir, s'est entièrement enveloppée. Matei habite de l'autre côté de la route de l'Indépendance, tout en haut d'un bloc dont la vue donne sur la rivière Dâmbovița, en face de la Maison du peuple. Au fur et à mesure que nous montons les escaliers, la musique que nous percevons d'en bas se fait de plus en plus précise. J'entends aussi des voix et des rires d'hommes, de femmes et d'enfants. Mes jambes ont un peu de mal à trouver leur mouvement au milieu des volants de ma grande jupe fleurie et je manque de tomber à plusieurs reprises.

C'est Florin qui nous accueille à la porte. J'ai au départ du mal à le reconnaître, tout comme lui. On ne s'est jamais vus comme ça : moi, tout en étoffes rouges et lui, vêtu d'une chemise et d'un pantalon noirs, tenant un violon à la main.

Il embrasse sa mère qui en profite pour lui chuchoter quelque chose à l'oreille. Puis tous les deux me prennent par l'épaule et me poussent vers le salon. Florin place son violon sous le menton et commence à jouer un air joyeux et entraînant ; il est rejoint par un autre violoniste et un accordéoniste que je suppose être Matei.

Les mélodies s'enchaînent les unes après les autres, je me laisse emmener au centre de la pièce, où je me mets à danser avec Tanti Flori, portée par la musique, par la vie, par l'espoir qui se dégage de cette famille.

Je tourne et virevolte comme dans la chanson que ma sœur répète inlassablement.

Je remue le ciel, le jour, la nuit
Je danse avec le vent, la pluie
Un peu d'amour, un brin de miel
Et je danse, danse, danse, danse, danse, danse[4]

Je me plonge tout entière dans la musique

4. Extrait de *Dernière danse*, chanson d'Indila.

gaie et mélancolique que Florin et ses amis jouent. J'oublie qui je suis, d'où je viens, ce que je fais, ce que j'ai lu. Je ne suis plus que musique. Je continue ma danse tantôt seule, tantôt accompagnée d'enfants, de Florin et de sa famille. Je suis emportée par une ronde joyeuse, douce et apaisante comme une berceuse.

La soirée passe ainsi et la nuit s'installe sans rien dire, ne voulant sans doute pas déranger ces hommes, ces femmes, ces garçons, ces filles qui dansent et chantent la symphonie de la vie.

25
Au point zéro

Un petit rayon jaune sautillant sur le parquet m'accueille à mon premier clignement de cils. Je me frotte les yeux, essayant de me réhabituer à un environnement familier, puis je me rends compte que je suis allongée sur un lit et dans une chambre qui ne sont pas les miens. Je porte un long T-shirt qui ne m'appartient pas non plus. M'approchant de la fenêtre, je reconnais la vitrine taguée du cordonnier de la rue Calomfirescu. Je suis chez Florin.

Des images de la soirée d'hier me reviennent doucement. Comme des flashs colorés. Du jaune, du rouge, du vert, des jupes à volants virevoltant sur les hanches de filles, de femmes jeunes ou plus vieilles, et de nombreux visages souriants. Il y a aussi des sons comme des couleurs : des rires, des airs joyeux de violon et d'accordéon, des chansons. Je me souviens également de la voix chaude de Flori reprenant des airs traditionnels roms, ainsi qu'*Un Tzigane avait une maison*, de Maria Tănase*, qu'elle avait interprété a cappella.

Quelle heure peut-il bien être ? Il y a déjà beaucoup de passants dans la rue, mais nous sommes le 23 décembre, qui est sans doute la journée la plus longue de l'année : les gens se levant très tôt pour faire leurs dernières courses, commencer à cuisiner et à se préparer. Demain ils se coucheront très tard, le ventre bien rempli et l'esprit ralenti par les vapeurs d'alcool. Entrouvrant la porte, je reconnais les voix de Florin et de sa mère que je rejoins à pas de loup quelques secondes plus tard.

– Bonjour, Ilinca ! m'accueille joyeusement Tanti Flori.

Je bégaie un mot qui ressemble à un bonjour. Florin me regarde et me sourit.

Je baisse les yeux.

– Qu'est-ce que tu prends pour commencer la journée ? Bon, elle est déjà bien entamée, mais, comme on dit, il n'est jamais trop tard pour commencer. Alors ? Café ? Chocolat chaud ? Thé ? J'ai fait un cozonac*, il est encore tout chaud…

– Merci. Un chocolat chaud, s'il vous plaît…

– Tu as passé une bonne nuit ? me demande Florin. Hier soir, tu t'es endormie chez Matei. On t'a portée jusqu'ici et t'as pas ouvert l'œil une seule seconde durant tout le trajet. On pouvait quand même pas te mettre dans un taxi et te renvoyer chez toi comme un paquet !

– Mais ne t'inquiète pas, on a appelé ta famille pour la rassurer, ajoute sa mère. Heureusement, parce que ton grand-père, il n'avait pas reçu ton SMS. Ils commençaient à s'inquiéter… Bon, c'est pas tout ça, mais je dois y aller, moi. Mes fleurs vont pas se vendre toutes seules !

Tanti Flori file dans le hall d'entrée.

Deux minutes plus tard, on entend la porte claquer.

– Elle fait ça tous les matins, un vrai tourbillon de paroles, un peu comme Zoe, me dit Florin.

À la mention du nom de ma petite sœur, je plonge le nez dans mon bol de chocolat. J'ai l'impression que j'ai quitté ma tribu depuis des semaines et que je ne pourrai plus jamais y retourner.

– À propos, hier soir, quand j'ai appelé ton grand-père, il m'a donc dit qu'il n'avait pas reçu ton SMS, et qu'il ne pouvait pas l'avoir reçu parce que… parce qu'il n'a pas de téléphone portable.

Mon nez est en train de brûler dans mon chocolat, mais je préfère m'étouffer dans ma boisson chaude que de devoir relever la tête et croiser le regard de Florin.

– Ilinca… Pourquoi as-tu raconté ça ? Et maman m'a aussi dit que, quand t'es arrivée à son magasin, t'avais les yeux tout rouges !

Je décide enfin de relever la tête de mon bol, car je vais finir par m'étouffer avec toutes ces pensées et ces vapeurs chocolatées entremêlées dans ma tête.

Florin me regarde de ses yeux bleus qui renversent tout sur leur chemin, même les peurs et les colères.

Je pose mon chocolat chaud et me décide à lui raconter ce que j'ai découvert hier matin : les mails de maman, papa malade, les opérations… Je lui parle aussi de tout ce que je ne sais pas et de tout ce que j'imagine depuis.

– Tu dois en parler à ton grand-père. Il t'expliquera. Le plus important, c'est que ton père aille mieux, dit Florin. Je vais me renseigner au sujet de l'opération du côlon, mais, Ilinca, je crois qu'on opère les gens du côlon quand il y a… quand il y a un cancer…

À ce mot, je suis prise d'un grand frisson qui me parcourt tout entière. Six lettres qui rôdent dans ma tête depuis hier. J'ai tenté de les repousser en me concentrant sur ma colère, sur le fait que maman et grand-père m'ont caché des choses. J'ai tenté de les oublier dans la musique et les danses de la nuit. Mais là, je n'ai plus rien à quoi me raccrocher. Nulle part où m'abriter. Et je ressens comme un grand vide sous mes pieds.

Les larmes me viennent brusquement. Je n'arrive pas à les repousser et elles se mettent à couler abondamment sur mes joues. Florin a débloqué les vannes comme l'avait fait ma prof de roumain, il y a plusieurs semaines. Et une fois ouvertes, il m'est toujours aussi difficile de les refermer.

– Ilinca, les cancers se soignent de mieux en mieux maintenant. Les opérations et les traitements permettent souvent de guérir. Et ton père est en France, pas en Roumanie, où il serait soigné dans un hôpital misérable, très, très loin des moyens et des équipements que l'on trouve en France.

Je repense à mon père avant son départ pour Yvetot. Était-il déjà malade ? Le savait-il déjà ? Sa maladie s'est-elle déclenchée en Normandie ?

J'ai dû parler tout haut sans m'en rendre compte, car Florin me répond, à moins qu'il ne continue à lire dans mes pensées…

– Je ne sais pas, Ilinca, mais c'est justement pour ça que tu dois parler à ton grand-père et à ta mère. Allez, termine ton chocolat et je te raccompagne chez toi, me dit doucement Florin. Et s'il te plaît, ne pleure plus.

« Ne plus pleurer », m'avait écrit grand-mère sur l'un de ses derniers billets. Les paroles apaisantes de Florin me rappellent la bienveillance des petites lettres arrondies de ma grand-mère.

Se confier et pleurer sont épuisants. Je me lève lentement et me dirige vers la salle de bains. C'est alors que je découvre dans le miroir un visage méconnaissable et assez effrayant : mes cheveux sont tout secs, ils ne bouclent plus, mais sont crépus et rebiquent de manière ridicule ; mon maquillage n'a pas non plus supporté le passage de la nuit ni mes pleurs matinaux : de grosses traces de mascara couvrent mes joues que les dernières émotions ont généreusement colorées de rouge. Devant mon reflet qui n'est pas sans rappeler la poupée Chucky, j'éclate brusquement de rire. Je ris, je ris et je n'arrive plus à m'arrêter. Florin frappe à la porte pour me demander si tout va bien. Je lui ouvre, complètement hilare. Et devant son air ahuri, ma crise de gaieté redouble de plus belle et finit par le contaminer. Nous sommes désormais deux à nous tordre de rire. Puis Florin quitte la salle de bains pour me laisser retrouver mon aspect normal, sans froufrous ni paillettes.

Repensant à ce que Tanti Flori m'a dit hier soir sur les couleurs et le bonheur, je décide de garder la fleur rouge dans mes cheveux.

26
Recueillir la vie

L'après-midi est déjà bien avancé quand nous arrivons à la maison. La neige s'est remise à tomber tandis que nous traversons la ville au rythme brinquebalant du tramway. Lorsque j'ouvre la porte de l'appartement, Zoe se jette dans mes bras, huit chats se bousculent pour se frotter à mes jambes, Bunica est debout, les bras croisés, et Bunicu juste derrière, les mains sur les hanches. Ils affichent tous les deux les mêmes traits tirés et inquiets.

Une pensée terrible me traverse l'esprit : *et si, pendant la nuit, il était arrivé quelque chose à papa, dans sa chambre d'hôpital, là-bas, en Normandie ?* Alors que je savais qu'il était malade, que j'aurais eu la possibilité d'appeler maman tout de suite et de demander à parler à papa, alors que les roues du destin pouvaient encore tourner, j'ai préféré aller danser.

– Ily, pourquoi t'as entouré tes yeux de noir ? me demande Zoe.

Le savon n'a donc pas tout enlevé, mon visage doit encore porter les traces de la nuit passée, tout comme mes cheveux ont gardé leur fleur rouge.

– Hier soir, il y avait une petite fête chez Florin, et il fallait être… déguisée. La maman de Florin m'a donc maquillée.

– Une fête ? La chance ! Dis, Ily, la prochaine fois, vous m'emmènerez ? J'aime bien me déguiser, moi aussi ! Nous, hier soir, on a regardé *Hatchi*[5]. Enfin, on l'a « rerererereregardé ». Et j'ai repleuré quand Hatchi attend son maître et qu'il arrive pas, parce qu'il est mort…

Ce film, nous étions allés le voir avec les

5. *Hatchi* : film de 2008, réalisé par Lasse Hallström, avec Richard Gere.

parents au cinéma Studio de la place Romana, à la séance de 11 heures du dimanche matin. Nous étions tous les quatre ressortis de la salle les yeux larmoyants. Pour nous remonter le moral, papa nous avait offert un McDo. Là, à la table près de la fenêtre qui donne sur les arcades, chacun de nous avait évoqué sa scène préférée. Quelques mois plus tard, quand papa a trouvé le film sur Internet, nous l'avons regardé presque chaque samedi soir.

J'ai tellement pleuré devant *Hatchi*, surtout quand l'homme dit à l'animal qu'il est inutile d'attendre, que son maître ne reviendra plus. Aujourd'hui, j'ai l'impression étrange d'être comme Hatchi, attendant sur un quai de gare des ombres familières dont les contours deviennent de plus en plus flous.

– Ilinca, tu veux bien venir dans la cuisine, j'aimerais bien te parler, me dit mon grand-père.

– D'accord.

Je laisse Florin en compagnie de ma sœur qui veut lui montrer tout ce qu'elle sait construire sur Minecraft.

Bunicu se verse un verre d'eau puis s'assied à la table recouverte de papiers journaux parsemés d'épluchures orange et marron. Je m'installe en face de lui.

J'ai le cœur qui bat très fort.

– Ilinca, ma chérie, ta maman m'a chargé de te parler de quelque chose d'important, car tu es désormais suffisamment grande pour l'entendre et le comprendre. Mais je te demande de ne pas le dire à ta petite sœur, elle est encore trop jeune.

Bunicu boit une gorgée d'eau.

– Il y a neuf mois, ton papa a commencé à avoir mal au ventre. Au début, tes parents ont mis ça sur le compte d'un repas mal digéré ou du stress. Mais les douleurs se sont accentuées et intensifiées. Après plusieurs consultations chez divers médecins qui lui donnaient tous un diagnostic différent, ton père a décidé de faire un examen plus approfondi à l'hôpital public. La coloscopie a montré qu'il souffrait d'un cancer du côlon. C'était en juillet… Voilà pourquoi, Ilinca, tes parents sont partis en France après avoir obtenu un prêt bancaire. Adrian ne travaille pas au cabinet médical d'Yvetot. Il a reçu une aide médicale d'État et a pu se faire opérer à l'hôpital de Rouen. Les médecins lui ont retiré la partie du côlon qui était atteinte. Il y a eu quelques complications, mais ton père va mieux maintenant. Il est encore trop tôt pour crier victoire, néanmoins, les docteurs sont confiants. Et ta maman l'est aussi…

Des images des mois passés défilent dans ma tête. La fatigue de mon père, ses traits tirés et inquiets, la semaine que nous avons passée à Sibiel chez les Buni pendant qu'il devait probablement faire ses examens médicaux, et les moments d'après, quand ils nous ont soudainement annoncé qu'ils partaient en France pour que nous vivions « mieux ».

Mes parents ne sont donc pas des cueilleurs de fraises.

Mes parents sont partis pour donner à mon père une chance de… vivre, tout simplement.

Mon père est parti pour tenter de recueillir sa vie.

– Mais pourquoi ils…

– Pourquoi ils ne t'ont rien dit ? Pour ne pas t'inquiéter, Ilinca, c'est aussi simple que ça. Parce que tes parents t'aiment et, quand on aime les gens, on veut les protéger.

– Mais me protéger de quoi ? Ce n'est pas moi qui suis malade, c'est papa ! C'est à moi de l'aider, c'est à moi de le protéger !

– Non, Ilinca. Ce n'est pas aux enfants de faire ça. Tes parents veulent que leurs filles aient une enfance la plus belle possible. Tu auras bien le temps de protéger les autres quand tu seras adulte, tu auras bien le temps d'être confrontée aux problèmes des grands. Sans doute que ton père et ta mère ont gardé de leur enfance de beaux souvenirs… Et aujourd'hui, ils veulent simplement vous offrir la même chose.

Plusieurs secondes se passent sans que ni Bunicu ni moi ne disions quelque chose. J'ai les yeux fixés sur les épluchures orange et marron qui forment de petits monts colorés entre mon grand-père et moi.

– Mais comment il va ? Est-ce qu'il va rester encore longtemps à l'hôpital ?

– Les médecins recommandent cinq jours supplémentaires d'hospitalisation. Il faut aussi attendre les résultats d'analyse du côlon pour savoir quel traitement ton papa va devoir suivre.

– Mais son traitement, il pourra le faire ici, non ?

– Ilinca, m'explique doucement mon grand-père, le système médical roumain et le système médical français sont très différents... Ton père est bien placé pour le savoir, et il vaut mieux, tant que tes parents en ont les moyens, qu'Adrian se fasse soigner en France.

Nous entendons des rires en provenance du salon. Zoe est en train de montrer à Florin comment jouer à Minecraft. Je me sens brusquement très loin d'eux...

– Est-ce que... est-ce que je pourrais appeler papa ? Est-ce qu'il a droit au téléphone là-bas ? je demande à mon grand-père.

– Mais bien sûr, Ilinca, ton père n'est pas en prison ! Et maintenant qu'il est sorti de la phase critique, il sera très content de bavarder avec toi.

« Bavarder » me semble un verbe bien trop

superficiel au regard de ce que je souhaiterais dire à mon père. Je ne veux pas bavarder avec lui, je ne veux pas lui parler de la neige ni du beau temps, je veux lui dire ce que jamais je ne lui ai dit.

Je veux lui dire : « Je t'aime, papa. »

27
Les beaux augures

– Ilyyyyyyyyyyy, c'est Floriiiiiin !

Perchée sur une chaise, ma sœur a le nez collé à l'œil de la porte d'entrée. Elle est vêtue d'un simple maillot de bain qu'elle ne quitte plus depuis Noël.

– Je sais, Zoe, c'est même moi qui t'ai dit qu'il allait venir. Allez, laisse-moi passer, va donc jouer avec tes cubes incassables.

– Arrête avec ça. De toute façon, je joue plus à Minecraft. C'est fini, j'ai sept ans et demi maintenant. Et moi aussi, je sors, d'abord.

– En maillot de bain ? Fais attention aux courants d'air. C'est un peu tôt pour la saison !

– N'importe quoi ! répond Zoe tout en enfilant un pantalon sur son maillot de bain bleu, blanc, rouge (un cadeau des parents).

– Où tu vas, à propos ?

Les grands-parents sont partis déjeuner chez la sœur de Bunica et je me demande s'il est bien prudent de laisser Zoe sortir toute seule.

– Chez Anita ! Hier, quand on a parlé sur Skype avec les parents, papa m'a dit que je devais aller la voir pour lui souhaiter un joyeux Noël et qu'il fallait apprendre à montrer aux gens qu'on les aimait. Je vais lui offrir les chaussettes de Bunica !

Les chaussettes de Bunica servent à de nombreuses occasions et font de très bons cadeaux. Elles sont moins chères que des chocolats et beaucoup mieux fourrées. Et enfilées par-dessus les chaussures, elles sont antidérapantes, une qualité que ne possède pas la boîte de chocolats.

J'ai aussi une paire pour Florin. Bleue.

À la manière de ma grand-mère, j'y ai glissé un petit papier sur lequel j'ai écrit les mots que je ne lui ai toujours pas dits…

Florin et moi avons décidé d'aller au parc Florească, au bord du lac gelé. Ce sera la dernière photo de notre projet. J'espère qu'ensuite nous continuerons quand même à nous voir.

– Ilinca, dis-moi, quand on aura terminé, tu voudras toujours qu'on se voie ? me demande Florin.

Ce n'est pas possible… Il vit réellement à l'intérieur de mes pensées. Sinon comment peut-il répondre à toutes les questions que je me pose tout bas ?

– Évidemment, lui dis-je en souriant.

Le parc est rempli de familles. Je pense à maman et à papa, mais pas comme avant. Je ressens de l'émotion, de la tristesse, mais cette petite boule de feu qui prenait toute la place dans ma gorge a disparu. Après ma discussion avec Bunicu, j'ai téléphoné à mon père dans sa chambre d'hôpital. J'étais si heureuse de l'entendre. Il m'a demandé si je lui en voulais encore.

– Ilinca, m'a-t-il dit, je suis désolé de t'avoir menti. Mais cela me semblait la meilleure solution. Je ne voulais pas que tu te tracasses pour moi. Aujourd'hui, je me rends compte qu'il ne doit pas y avoir de secrets entre nous, que nous devons tout nous dire, les joies comme les tristesses.

– Je ne t'en veux pas, ai-je répondu, avant de lui chuchoter : Je t'aime, papa.

À ces mots, mon père n'a rien répondu. Quelques secondes de silence se sont écoulées. J'entendais son souffle accéléré, entrecoupé de sanglots étouffés.

– Ilinca, je te promets de rentrer très vite. Très, très, très vite, m'a-t-il dit en raccrochant.

Florin me demande si je sais quand nos parents vont revenir en Roumanie.

– Pour l'instant, on l'ignore, tout dépend du stade de son cancer. C'est l'analyse du côlon qui nous le dira. Maman m'a indiqué que si papa devait faire une chimiothérapie ils resteraient encore en France. Par contre, si c'est un traitement plus léger, ils reviendront sans doute mi-janvier.

– Oui, si ton père a de la chimiothérapie à faire, il doit rester en France. Mon père… Il est mort dans un hôpital de Bucarest, maman dit qu'il serait encore avec nous s'il avait été hospitalisé dans un autre pays. Je me rappelle nos visites dans sa chambre qu'il devait partager avec sept autres patients au cours d'un été caniculaire. Les infirmières n'avaient même pas de médicaments ou de pansements pour soigner les malades, les familles devaient aller les acheter elles-mêmes. Et puis, combien d'enveloppes maman a dû glisser dans les poches des infirmières et des médecins pour être sûre que papa reçoive les soins nécessaires ? Mais sans doute qu'elle n'a pas mis assez de sous dedans puisqu'il est mort… Il avait trente-cinq ans.

Nous continuons à marcher en silence, nos pensées oscillant entre passé, présent et avenir.

En approchant de l'embarcadère, je prends la main de Florin et la serre fort dans la mienne. Je mets dans ce geste tous les mots que je n'arrive pas à prononcer. Et Florin me répond par la même étreinte.

Du ponton où nous nous trouvons, nous regardons le lac blanc entièrement gelé, survolé par d'immenses nuées d'oiseaux dansant dans le ciel bleu et entouré de hauts buildings que la tour Oracle, le plus grand gratte-ciel de la ville, domine de toute sa hauteur. La vue est splendide. Je pourrais en faire la dernière photo de notre projet, mais il faudrait alors que je lâche la main de Florin… Je tourne la tête vers le couple qui est à côté de nous, je leur demande s'ils peuvent nous prendre en photo. L'homme accepte.

Sans nous lâcher, Florin et moi nous adossons à la barrière de l'embarcadère.

Le lac blanc, le soleil, les oiseaux, le ciel bleu en arrière-plan.

Et le mot « ORACLE » au-dessus de nos têtes.

Lexique

Aoleu. Interjection roumaine signifiant : « Oh ! là, là ! »
Baltchik. Ville située dans le nord-est de la Bulgarie, sur la côte de la mer Noire.
Bunica. Grand-mère en roumain.
Bunicu. Grand-père en roumain.
Călin. Prénom roumain. Se prononce « Caline ».
Coşbuc, George. Poète roumain (1866-1918).
Cozonac. Délicieuse brioche (nature ou fourrée) traditionnellement préparée en Roumanie pour les fêtes (Noël, premier de l'An ou Pâques).
Digi 24. Chaîne roumaine d'information en continu.
Dor. Mot roumain signifiant à la fois l'attente, le manque et le regret.
Ghiocel. Perce-neige en roumain.
Hopa. Interjection d'exclamation.

Hruşca, Ştefan. Chanteur populaire roumain, connu pour ses chants traditionnels de Noël et auteur de la chanson *Florile Dalbe* (« Les Fleurs blanches »).

Lei. Pluriel de leu, monnaie roumaine. Quatre lei équivalent à 1 euro environ.

Mamaligă. Polenta (galette ou bouillie à base de semoule ou de farine de maïs).

Manele. Mélange assez kitsch de musique traditionnelle, orientale, tzigane et pop apparu dans les années 1990 en Roumanie. Les thèmes abordés sont l'argent, les femmes, l'amour et la haine.

Mici. Littéralement « petites choses ». Plat populaire de viande grillée.

Preda, Marin. Auteur de *La Vie comme une proie*, roman publié en Roumanie en 1977. Le narrateur y décrit son enfance et son adolescence, mais surtout ses années d'école.

Sarmale. Feuilles de chou farcies. Se prononce « sarmalé ».

Şmecher. Rusé, fourbe. Se prononce « chmécaire ».

Tănase, Maria. L'une des plus grandes chanteuses de Roumanie (1913-1963).

Zambilă. Jacinthe en roumain.